明月印清潭

——醉墨轩诗词

韦松／著

安徽师范大学出版社

·芜湖·

图书在版编目(CIP)数据

　　明月印清潭:醉墨轩诗词/韦松著.—芜湖:
安徽师范大学出版社,2017.1
　　ISBN 978-7-5676-2680-5

　　Ⅰ.①明… Ⅱ.①韦… Ⅲ.①诗词-作品集-
中国-当代 Ⅳ.①I227

　　中国版本图书馆CIP数据核字(2016)第253685号

明月印清潭:醉墨轩诗词　　　　韦松　著
MINGYUE YIN QINGTAN ZUIMOXUAN SHICI

责任编辑:胡志立
装帧设计:任　彤
出版发行:安徽师范大学出版社
　　　　　芜湖市九华南路189号安徽师范大学花津校区
网　　址:http://www.ahnupress.com/
发 行 部:0553-3883578　5910327　5910310(传真)
印　　刷:杭州新华数码印务有限公司
版　　次:2017年1月第1版
　　　　　2017年1月第1次印刷
规　　格:700 mm×1000 mm　1/16
印　　张:13.75
字　　数:195千
书　　号:ISBN 978-7-5676-2680-5
定　　价:34.80元

不俗即仙骨，多情乃佛心

几天前，韦松很高兴地对我说，他写的第二本书《明月印清潭——醉墨轩诗词》即将付梓，想请我替他写一篇序言。我一愣神，小女子才疏学浅，何德何能？真怕我的文字有所欠缺，把那么好的诗词糟蹋了，给韦松难堪。再说，我是一个不爱舞文弄墨的人，对诗词更没什么深入研究，一篇好的序言是能够引导读者尽快进入作者的诗情诗境的，可我行吗？后转念一想，觉得朋友心意一片赤诚，不可推辞，还是欣然应承下来。

知文当先知人，我想，还是先说说韦松这个人吧。

认识韦松是一个很偶然的机会。以前虽然同在医疗系统，却从没见过面。还记得很多年前，无意中发现韦松的QQ名叫"洗心斋"，个人签名是"人是熬出来的"，就觉得这家伙背后肯定有故事。一时的"八卦"，就想了解一下这人到底是啥样的。没想到的是，因了这样的好奇心，让我认识了一位好同行、好朋友。

韦松是一个憨直可爱的人，有时候不免执着。但是，这个其貌不扬的男人，却满溢着温文尔雅的古典气息。有时兴致上来，他会把自己的诗词得意地递给我看。仔细读来，他的诗词真是风格迥异，五味俱全，竟然不太像是同一个人所写。山水田园诗章笔触自然，清新灵动；咏物诗词常有借物喻人，托物言志之意；对自己身世遭遇的感叹质朴苍凉，沉郁厚重，微露稼轩风味。他的诗词感情充沛，文字细腻，有时虽微露伤感，然而却从不消沉低落，这也正是他诗词的显著特点，相信读者会随诗入境，感受着他的哀伤、他的欢愉，更感受着他的乐观心态。

韦松的诗词写得风流蕴藉、细腻多情，却又明白如话、自有韵味，可见他有着很好的文字驾驭能力。我以为，比起现如今那些哼哼唧唧、无病呻吟或者搬弄典故、故作高深的所谓诗词，强了不少。

韦松的个性是那么的倔强、执着和坚韧，情感历程虽坎坷，但他依然保持着开朗、明快、直率的性格，在诗词中经常流露出他对人生的深刻感悟，表达了一种从容、自信、达观的情怀。我曾经多次善意调侃他是一只打不死的蟑螂，他竟也坦然接受，真乃性情中人。他的坚韧是藏在内心深处的，总是能在现实生活中给我一些启发与鼓励。那一组《鹧鸪天》，"四十年来幻亦真"，"万事随缘懒问因"，沉郁悲凉，让人觉得内心酸楚却又敬佩不已，也恰恰道出了他对生活的感慨和笑对人生风雨的个性。

他的感情还有另一个侧面，那就是细腻温柔，充满诗人情怀。偷得浮生半日闲，一盏茶、一本书，以侍弄花草为乐，"常伴茶香与墨香"。在他的诗词里，相当一部分的笔墨是留给深夜读书和各种花花草草的。"掩书轻叹思今古，独倚栏杆夜似冰"，"谁有闲心如我，归卧，雪夜读书时"，很有一股难得的书生气息，而娇羞如昙花，素净如紫藤花，淡泊如蒲公英，傲骨如梅花，幽雅如荷花等花草，都在他笔下静静地开放着，可谓是"花痴"了。

我们更可以看到，韦松的骨子里是善良的、温情的、执着的，他对文字知交、心灵知己的情谊是那么的看重。在他的心目中，真挚深厚的友情是那样的温暖人心。这其实也反映出他纯净、明澈、执拗、耿直的性格。知韦松者，一定要懂得他的这些心性，真正地欣赏他、理解他，才能成为真正意义上的好知己、好朋友。这么多年过去了，我自认也算是韦松的知己了。在和他的每一次交流中，都可以真切地感受到他对友情的珍视，而且在诗词中也确实读出了他的重情义。他在给每一位知己好友的赠诗中，都深深体现了他对真挚友情的无比珍惜。

诗词的灵魂应该是一个"真"字。在这本书里，情词占了很大的比重。若在唐宋，他应该是一个注重内心感受、执着情深的婉约派词人吧？在他的诗词中有一组《玉人词·十二首》，不同的词牌，一样的缠绵悱恻。层次递进，喷薄而出，只觉得真实、温暖、柔情满怀。熟悉他的人会发现，在他的心底里永远住着一位让他只能心痛莫名、唏嘘不已的姑娘。在众多的情词中，除了深情绵密的《钗头凤》，还有余恨悠悠的《洞仙歌》《菩萨蛮》《贺新郎》等很多篇，都深深道出了他对那位姑娘的思念，也表达出了他对现实生活的无奈。想来，无论是他心里的姑娘也好，还是读者也罢，在读到他这样的诗篇以后，都会被他的深情所感动，不觉有所共鸣。

这本书起名《明月印清潭》是很见禅心的。潭水就是心境，只有潭水是清亮平静的，一轮明月才能安然投影在波心。可见他的性情，渴望着在日后的历练中，悲喜在心而不起波澜。

拜读他的诗词，会不知不觉被他引领到诗词的意境之中，享受着无限美好的文字魅力。希望我的同行、我的朋友韦松的努力，可以得到一个满意的回报，也愿他在以后的生活中安然、恬静、健康！

张彩琴
【医务工作者，护士。作者同行，知己好友】

不俗即仙骨，多情乃佛心

目　录

目
录

第一辑

多情执笔不成行

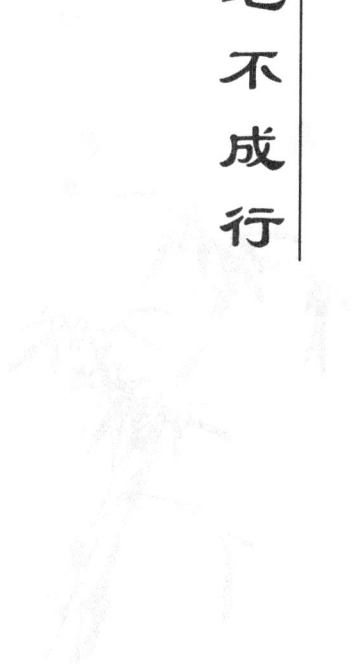

钗头凤　夜来无寐

秋容淡，春光绚，岁华如水人间换。情深厚，心依旧。可曾梦得，携君纤手？有！有！有！

音尘绝，伤离别，夜来无寐愁肠结。哀回首，沉吟久。倩谁忘却，楚腰如柳？酒！酒！酒！

【品赏】

说到《钗头凤》这个词牌，自然就要提一下陆游和唐婉的名篇《钗头凤》，两首词凄婉感人，真实记录了陆唐两人的爱情悲剧。这两首词，可谓是千古绝唱，令后人为之唏嘘叹息。陆游的一生坎坷艰辛，北望中原终成空，是抱负上的慨叹；山盟虽在，锦书难托，又是感情上的悲凉。难道他不想光复中原，不想两情缱绻？只是他所生活的时代、所处的形势不容他舒情展意。陆游晚年罢官，恃酒放旷，自号放翁，其实，这只是发自心底的自嘲而已，又何尝真的一日放旷！

回头再来看看这首《钗头凤》，是作者写在一个无眠的夜晚。那朵在他生命里的最初绽放的女人花，如昙花般烂绽放，却又转眼凋谢，所以才有"夜来无寐愁肠结"。首句说到韶华飞逝，岁月更替。思念是非常美的，虽然这份感情已经过去很多年了，但作者还是常常会在一个人独处的时候，想起那段难忘的往事，所以作者说"情深厚，心依旧"。自从那年分离到现在人在天涯的日子里，可曾梦到心仪的她，梦境里可曾牵着她的小手呢？三个"有"字，显得情深意长。可是，爱却是令人疼痛的，相思终究会瘦了容颜，苍白了岁月。再爱，咫尺天涯，再念，心事难眠，一片相思心上。一怀思绪，唯有借酒浇愁愁更愁。三个"酒"字，迸发而出，可见作者的执着，心中相思之深。

心中的青春时光值得怀念，却不可重来。初恋的人儿，如果真的见面了，也许反而破坏了留在彼此心中那份无比珍贵的美好印象。有人认为得不到的就是好的，心中的痛、顾虑与渴望是心中感性的表白，潜意识里其实是害怕再次遇到。其实，在成长的过程中，初恋是美好的，它可以支撑起心灵与情感的大厦。追随岁月，有些东西可能只是回忆与保留，所以相见不如怀念，既然剪不断，那就耐心理顺。不管是什么情，都能够理得顺、过得去。

人世间最美好的爱情，莫过于两情相悦长久时。冬天来了，春天也就不远了，遐想和怀念与一切美好的思念都在春天催生和发芽。春暖花开的日子，春在，爱也在，多好！

【一拂烟云】

第一辑 多情执笔不成行

定风波　闲坐冬阳

闲坐冬阳自在吟，书中袅袅绕梁音。闭目思君情缱绻，微叹，轻狂未减少年心。

五短身材人傲岸，休管，迎风独立散衣襟。莫似浮云悲聚散，经惯，笑看得失到如今。

【品赏】

人到中年，已经不是当年的激情少年，本应将世间的所谓得失看得淡然一点了，但作者有时候依然会想到以前的点点滴滴，触动温柔细腻的内心。然而这种感觉又不能随时表露出来，只好故作掩饰。

作者闲坐在冬日暖阳里，静静地看书，吟咏着前人的诗篇，品味着书中散发出来的墨香，颇具古风雅韵。在如今快节奏的生活环境下，这种状态是多么惬意啊。可是尽管年已不惑，还是难免一梦轻狂，不失少年之心，闭上眼睛不知不觉就会想起过去的美好时光。

下片抒发的是自己的心路历程。尽管自己其貌不扬，但这根本就不算什么。仰首笑看天外浮云，不禁劝慰自己，人心冷暖，本来和浮云一样，聚散本是常态，不必过于悲伤。从当年分离到现在，时日久矣，应该也可以笑看人间缘生缘灭了。当然，是不是真的可以内心平静而无忧，这就是诗外袅袅之意了。

作者看似逍遥自在，实则钟情之人，世间牵绊太多，故作潇洒罢了。这首词既写出了自己心路历程的坎坷，也写出了希望自己笑看得失的淡然与安然，正如《蕙风词话》所云："词贵有寄托。所贵者流露于不自知，触发于弗克自已。身世之感，通于性灵。"

【丝路花雨】

七律　枕上得

漫展花笺别绪长，多情执笔不成行。

联翩好梦随飞絮，明灭寒星漏碧窗。

人在天涯量日月，爱到深处话悲凉。

灵犀若可通诗韵，谁为伊人拭泪裳？

【品赏】

说起相思，从古至今，不知道有多少人为之所苦。李白说："入我相思门，知我相思苦，长相思兮长相忆，短相思兮无穷极"；晏殊云："天涯地角有穷时，只有相思无尽处"；李清照更是把相思写到极致生动，"一种相思，两处闲愁。此情无计可消除，才下眉头，却上心头"。

这首《七律·枕上得》写他对初恋的刻骨深情，把一腔相思写得缠绵悱恻。

首联"漫展花笺别绪长，多情执笔不成行"，直抒胸臆，写他与恋人相别后，欲写信给她，但千言万语，又不知从何说起。真个是君在日日好，君去万念空！此联叙事自然，感情真挚。

颔联"联翩好梦随飞絮，明灭寒星漏碧窗"，借景抒情，情在景中，把心头那份失落孤寂的形象再现出来。"联翩好梦"，可以猜想应是与他的恋人有关，但如今尽随"飞絮"而无着落，怎不叫人无限伤感？这里是写白日怅惘。"明灭寒星漏碧窗"，则写夜间孤单寂寞。夜深人静，但因为思念伊人，夜不能寐，斜依枕上，透过碧绿的纱窗，看到寒星几点，时隐时现，恰如伊人缥缈，相见无期。元人杨戬《诗法家数》说："颔联或写意，或写景，或书事、用事、引证。此联要接破题，要如骊龙之珠，抱而不脱。"作者这一联写景破题，情景交融，昼夜相思，沉郁之极。

颈联"人在天涯量日月，爱到深处话悲凉"，平仄音韵虽不甚协调工整，但上承"颔联"，转折突起，避免了平铺直叙，正是律诗章法。"人在天涯量日月"，是说如今与伊人天各一方，不能共度光阴，念及过去和伊人的那些美好，岂不日夜盼望着与她重逢？但是伊人一去不复返，分离已成现实，再痴情也于事无补，只能"爱到深处话悲凉"。这一联把相思写得沉痛不已，催人泪下。

尾联"灵犀若可通诗韵，谁为伊人拭泪裳"，转换空间角度，假想对方感受来继续写相思之苦，也呼应开头"漫展花笺"，"多情执笔"，可谓此律诗之合。作者心里对伊人说："唉！你呀，若是和我心有灵犀，读到我的诗，必定会泪流满面，知我相思之苦，与我一般感同身受。但这时我已不在你身边，谁又能为你擦拭眼泪呢？"正如李清照所言，"一种相思，两处闲愁"。

人们都说最美好的爱情是初恋，因为不掺杂一点人间烟火，不带有一丝世俗功利。一旦爱上了，眼里就只有彼此，但初恋又是青涩的、不成熟的、早开的花，很难成功结果。作者这一首七律，语浅情深，把初恋的相思别离，写得哀婉真切，痴绝感人。

【绿茶一盏】

五绝　静夜思

疾雨打疏窗，恼人思绪长。

知君情意重，不觉夜风凉。

【品赏】

唐人金昌绪，生平不可考，他的作品在《全唐诗》中仅存《春怨》一篇。但诗贵凝练出彩，足以千古。"打起黄莺儿，莫教枝上啼。啼时惊妾梦，不得到辽西。"细看这首诗，如抽丝剥茧，一气贯注，可用书法中的"似断实连"来相比，每一句都是不可分割的。沈德潜在《唐诗别裁》中也说"一气蝉联而下者，以此为法"，这是很高的评价了。

作者的这首五言绝句，应该说，是具有象征意义的。但从字句而言，专以描摹少女思念远行人的心理活动见长。仔细揣摩，似乎无意间也有效仿《春怨》之痕迹，只不自知耳。

秋雨纷纷，敲打窗棂，也敲打着独守空闺的女子的心。诗中的那位女子是不是在思念伊人呢？答案尽在"恼人思绪长"五字里了。不禁要问，她的心里到底是怎么样的呢？虽远隔天涯，两人之间的感情怎么样呢？可喜的是，她知道夫君情意深长，乃一重情重义之人。正因为深知其为人，所以独守空闺也不觉得孤单寂寞，而是内心满溢着温润温情，心存暖暖的感念。如此，在寂静的夜晚，思念夫君的女子，被这样的心情所感染，虽然独自一人，也不觉得夜风寒凉，心里只有含情相思的温馨了。

这首诗写得含蓄深沉，自饶蕴藉。通篇没有离愁别恨，层次重叠，只说一事，四句只有一意，层层设疑问，极尽曲笔之妙。不必一一说破，而又可以不言而喻，不妨留待读者去想象、去思索。这样，这首小诗就不仅在篇内见曲折，而且还在篇外见深度了。

【野渡无人】

洞仙歌　重来故地

重来故地，听绵绵春雨。回首当年断肠处。谱新词，纵使声韵风流，能消尽，闲恨闲愁几许？

有情缘已失，遥想萧娘①，谁与芳姿相尔汝②？往事不堪追，触景伤怀，情深处，凭栏无语。任暮霭沉沉罩西楼，愿梦到天涯，暗随伊去。

【品赏】

执着二字，在别人看来，往往是痛苦之源，平添一丝难以诉说的惆怅而已。但在作者眼里，心之所系，自是牵念深深，悲欣交集，伤感莫名。好在因喜欢诗词，作者可以发而为诗，用文字的形式，将满腔的真情，对纸倾诉。

明朝人谢榛有言，"诗有天机，待时而发，触物而成"。在一场绵绵春雨温柔洒向大地之时，作者故地重游，触动思人情怀，不觉来到当年与她分别之处。他的内心也满溢着一腔柔情，眼里心里，好像还能看到她的影子。可是，回过神来，无奈地发现，这些年相隔天涯，杳无音讯，已经是物是人非事事休了。这满腹心事，真可谓"便纵有万种风情，更与何人说？"即使以写诗填词以解情思，又能够排解掉多少闲恨闲愁呢。

多年以来，自己在人生路上跌跌撞撞，历尽悲欢离合，但却始终不改初心，依然保持一颗纯净的心。时过境迁，虽然旧情难忘，可是三

---

①萧娘：南朝以来，诗中男子所恋女子常称为萧娘，女子所恋男子则称为萧郎。

②相尔汝：彼此亲昵意思，表示不拘形迹，亲密无间。唐韩愈《听颖师弹琴》诗："昵昵儿女语，恩怨相尔汝。"

生石上已经没有这样的缘分了。也不知现在的她，是否有人陪伴在她身边让她开心，让她幸福呢。往事已然不堪回首，作者无语凭栏，自有深情。现实中是再也没有办法见到她了。在暮色沉沉之际，只愿夜来入梦，随她而去。

仔细品读一下这首情词，可见相别之久，相思之深。回首抑或不回首，往事就在那里。凭栏抑或无语，情就在那里。意境浮想联翩，回首处，是故地，还是绵绵细雨，抑或是萧娘，不得而知。深情已浸入词中，凭栏处，潇潇雨歇，诗人已醉。

许多年的千言万语在心绪中百转千回，最终出口的也仅仅是"愿梦到天涯，暗随伊去"，可谓情意缱绻，一唱三叹，使得读者也不由得感怀在心，却又不敢随意言说，以免打扰作者梦中相聚的缠绵。

《白雨斋词话》谈及周邦彦的词作，"但说得虽哀怨，却不激烈，沉郁顿挫中，别饶蕴藉。后人为词，好作尽头语，令人一览无余，有何趣味？"这首词写得余音袅袅，让人回味，恰无"尽头语"，可见言情诗词还是多以含蓄隽永为佳。

【野渡无人】

第一辑 多情执笔不成行

七律 感怀

天涯相隔叹流年，诗写三生石上缘。
羞向人前夸好句，每于静处忆娇颜。
夜焚积稿肝肠碎，晓摒清愁意态闲。
纵使闲时犹念念，红尘辗转向谁边？

【品赏】

　　《蕙风词话》云："词太做，嫌琢。太不做，嫌率。欲求恰如分际，此中消息，正复难言。"也就是说，诗词一道，如果太在意文字的雕琢就显得矫揉造作，但是假如率性而为，一点不讲究修辞格调，也显得粗鲁无文。所以，诗词作品要做到恰如其分，既要写出真情实感，也要写出斐然文采。对于这首诗而言，应该说写得情深意远，读之令人酸鼻。

　　天涯相隔，韶华易逝，作者与伊人已经分离多年，但他对伊人点点滴滴的回忆还是用诗笔写在纸上，记在心里。如今，这些诗稿虽然已经烧成灰烬，但一想到往事，还是会在心底牵扯出无限的疼痛。只留下心底的深深情意，让他还能在某些时候，于一个安静角落默默思念着伊人。作者心里不愿过多地沉溺于思念之中，但有时候依然不免对伊人念念不忘，怀念往昔岁月。

　　这首诗最大的亮点在于心理活动的细腻描摹，让我们看到了一个性情中人的执着用心的形象。对于这个形象的塑造，作者是通过在每句诗中运用恰如其分的动词来刻画完成的。"叹"，说明至今依然对美好初恋的痴心难忘，可谓多情善感。"写"，情思难了，发而为诗，希望能用文字倾诉思念，携得相思，以慰离情。"羞""忆""焚""摒"表达了深深的惋惜与遗憾。斯人已去，每忆及当年，心生疼痛，时光却再也回不去了。诗中透露出深深的哀伤，却又柔情无限，心心念念不曾忘记一日。

总览全篇，作者的思想感情在矛盾、无奈中艰难挣扎，可见对初恋女子的深情，真乃一个情字，一生羁绊！

【野渡无人】

第一辑　多情执笔不成行

菩萨蛮 晚来独坐

晚来微有些儿冷，霜风凛冽心难定。移枕梦还醒，静听天籁声。

频频呵冻手，独坐沉吟久。写得数行诗，不知寄与谁。

【品赏】

这首词是作者在一个冬夜，中宵梦回，想到梦境里的伊人，伤痛莫名之际写下的。至今读来，依然觉得心情沉重。

起笔便是一派萧条之气，点明了这是霜风刺骨的冬夜。这个"冷"字，指冬夜寒冷、内心凄冷，所谓"心寒梦亦寒"也。至于为什么如此，却又略作缓和，并不急于说明，只是向读者展示了一幅主人公中宵梦醒，静听天籁之声的冬夜图。在语言的节奏音律上，颇得其趣。起笔明朗，似有千言万语，却故作停顿，以充满静谧孤独的氛围结束上片，好似奔腾向前的河流，中途却又稍作回旋，缠绵萦绕，脉脉清波，从而避免了平铺直叙，笔法转折多变。"频频呵冻手，独坐沉吟久"，这是作者刻画的冬夜独坐的一个微小的细节。唯有如此，读者才更愿意相信，这的确是一个冬夜的情景，可见作者文心之细腻。冬夜无眠，手脚冻得冰凉，频频向手心呵着热气，但依然不能睡去，久久沉吟。作者在想些什么呢？依然没有明示。难道真的就这么将内心的想法埋在心里吗？那也不是！且看这首词的结句，"写得数行诗，不知寄与谁"，原来他只是写得几行诗，却已然无处可寄，无人能懂了！

这首词词境萧然，情动于心，一字未言情，却字字皆是情，满溢全篇，颇有感染力，读之令人伤痛。以诗词艺术论，可得唐代司空曙《诗品》"不著一字，尽得风流"之意。

【野渡无人】

念奴娇　一念成痴

　　情归何处？忆银铃笑语，花枝轻颤。一念成痴谁管得，犹记春风人面。眼角偷瞄，轻移莲步，暗惹芳心乱。低眉微怯，无言也是依恋。

　　一别深惜分阴，当初因甚，看得韶光贱？年少轻狂堪笑我，管甚星移斗转。旧梦萦怀，独倚栏杆，莫问缘深浅。三生石上，萧郎词笔题遍。

【品赏】

　　重情之人，情之所系，一生之羁绊。少年时期的爱恨情缘，自是让人难以忘怀。这首词就是一首怀念旧情、追忆当年韶光美好的抚今追昔之作。"情归何处？忆银铃笑语，花枝轻颤"，开篇即是一个设问句。其实，在作者看来，这个设问几乎形同虚设。当年的情谊，让他感到从没有过的温暖。即使如今已经分离多年，也觉得伊人并没有走远，脑海里还时常浮现出她的如花笑靥。"眼角偷瞄，轻移莲步，暗惹芳心乱"，那时候的她，巧笑倩兮，美目盼兮，而作者欣赏着她的轻颦浅笑，感受到的也是她深深的依恋。"低眉微怯，无言也是依恋"，真实传神地再现了两情相悦的小儿女，即使相视无语，心里也涌动着无限甜蜜。可是，时过境迁，而今的她在天涯，作者更加为当年亲密相处的时光感到难能可贵。只是那时青春年少，根本就不懂得珍惜在一起的光阴。如今的作者依然会怀念，只是心有伤怀，独倚栏杆，默然无言，想着那三生石上，也不必再问什么情深缘浅了，只好发而为诗，诉尽相思，以表达对伊人的思念之情。描摹生动，情景交融，恰如《藕居士诗话》里所说那样"诗如画意，风骨宛然"。

　　　　　　　　　　　　　　　　　　【丝路花雨】

贺新郎 心债难还

未了相思债。怅回眸、风光依旧，那人何在？过眼烟云多少事，唯有痴心不改。恐是今生情难再。咫尺天涯无限恨，立残阳不悔宽衣带。愁来也，笑相待。

尘缘得失谁能解？想当时、轻狂一梦，情深似海。不意萧郎成过客，剩下无牵无碍。一世困人情与爱。难得今朝心境好，叹何人超出凡尘外？毕竟是，天地窄！

【品赏】

人生在世，不如意事十常八九。对于诗人来说，必定有一颗善于感知世间万物的心灵，但正是如此，他们才会善感多情，觉得自己人生历程里的每一个人物，都不是匆匆过客，无论他们给予自己的是喜是悲。

这首词是作者想到往昔岁月，想到当年因种种原因未能走到一起的女子，情难自已而写下的一阕长调。《贺新郎》词牌或沉郁、或激越、或婉转、或哀怨，流转多姿，对抒发这样的缠绵相思之情正是合适。

"未了相思债。怅回眸、风光依旧，那人何在"，起笔开门见山，突起一问。多少年过去了，对昔日的那个人依然心存念想。让自己内心充满温情的人和事，把他们放在心底的柔软角落，该是多么美好。只是如今已然物是人非，当年的人儿现在何方呢？这些年作者自己也是历经风雨，但想到当年的人儿，依然心怀温情，痴心不改。只是恐怕今生今世再难遇到她了，咫尺天涯，空留下无限怅惘。"立残阳不悔宽衣带。愁来也，笑相待。"接下来的诗句充满着对伊人的相思与痴情，而且有遗憾更有宽解，笑对情愁，笑对人生。词句流转贯注，畅达自然，如春波涌动，浪花千叠。

下片开始转入对人生的深沉叹息与无限感慨。聚散皆是缘，离合总关情，没有谁可以真正参透尘缘的得失。纵然是年少多情，情深似海，也不过成了烟云过往，人各东西。作者也难免困在这样的情爱之中，即使有难得的好心境，一想到昔日的佳人，还是不免叹一声，有谁真能超脱凡尘，不管人间爱恨呢。

这首词明白晓畅，直抒怀抱，字句衔接，一气贯注，无晦涩难解之弊，有婉曲深挚之情。正如《白雨斋词话》云："全以情胜，是高人一着处。"

【挑灯看剑】

第一辑　多情执笔不成行

贺新郎 问烛

　　独剪西窗烛。有多少、闲愁闲恨，乱吾心曲？我欲问君人间事，伫立缘何不语？毕竟困人情深处。尘世茫茫难自料，看乾坤，都被欢情误，人去也，留不住。

　　绵绵情意成辜负。问当时、萧郎去后，有人来否？一别经年何恨恨，咫尺天涯孤旅，一卷情诗无人付。今夜清寒风凛冽，叹书生，寂寞红尘路。扑簌簌，泪如雨。

【品赏】

016

　　《白雨斋词话》云："非沉郁无以见深厚"。

　　这首《贺新郎》哀婉缠绵，沉郁悲凉，诉尽离人心曲。题曰"问烛"，实则问情，让人不由得就想到"问世间情为何物，直教人生死相许"。情，在执着重情之人的心里，自有深切的体会。

　　"独剪西窗烛。有多少、闲愁闲恨，乱吾心曲"，乃总括全篇之纲领。下文洋洋洒洒，都因此句生发引申开去。这一句暗用了李商隐"何当共剪西窗烛"的意境，只不过是"独剪"而已，更显得作者有所思时的寂寞深深。情之为念，最令人痴语缠绵。

　　其实，并不是空虚寂寞了才会思念伊人，而是由于思念伊人才越发感到无助寂寞。在一个风雨之夜，作者对心里的人儿久久不能忘怀，无法放下，又无人可说，只好默坐在烛光里，心潮涌动，把心里的一切思念都诉说给了静静陪伴他的蜡烛。可是尽管情缠绵，意深厚，但蜡烛却只能默默倾听，不能言说啊。忍不住嗔怪了一句，蜡烛啊蜡烛，我只不过想问问你一些人间之事，你为什么站在那里不说一句话呢？尽管无法接受两人分隔天涯，但也只能自我排解，为情所困、为情所误，是红尘中多少痴男怨女的宿命啊。在这个世界上，又有多少事情是可以事先预料的呢，要不也不会如此感时伤怀了。

　　当年一别天涯，虽有绵绵情意，却已无法改变现实了。如今，又有谁与心上的女子相互陪伴？抚今追昔，各自都成为生命中的一位重要的过客。只是，作者手里的一卷情诗，无人托付。人海茫茫，哪里去寻旧时芳踪呢？这一问，可谓锥心刺骨。这首词写于风雨清寒之夜，寒，即是身寒也是心寒之意也，但作者依然是痴心如旧，相思绵绵，只是红尘之路更显得寂寞孤独而已。寒意与温情，亦是一对比也。

【野渡无人】

第一辑　多情执笔不成行

七绝　忆故知　两首

其一

曾记梦回月下时，携君素手步迟迟。

纵然未订三生约，合向春风忆故知！

其二

楼台独坐忆芳姿，检点皮囊几首诗。

雨洒长街都是泪，情多未必少年时。

【品赏】

　　这两首七绝是作者于多年后忆及少年往事，心有所动写下的。少年情怀总是诗，充满着纯真的梦想和期待。遥想当年，谁没有这样春情萌动的时刻呢。

　　先来看第一首诗，"曾记梦回月下时，携君素手步迟迟"，含情对望，携君纤纤手，缓步走在春风里，走在明月下，卿卿我我，自是儿女情长，令人心驰神往！可是，再美也只是一个梦境。梦醒处，佳人远去，只留下孤独的自己落寞地走着自己的路。有这样一段让人怀想的经历，应该要对佳人满怀感激，感激她相伴走过了一段人生路，更要对生活满怀感恩，感恩生活赐予了不寻常的精神历练。由"纵然未订三生约，合向春风忆故知"的结句，我们知道，纵然没有走在一起，作者在遗憾之余，也一定会充满温情地时时想到经年往事，感念旧时知己。

　　第二首诗，相较第一首来说，显然少了一份散淡豁达，多了一份无奈和深情。"楼台独坐忆芳姿，检点皮囊几首诗"，表明了自己静下心来，有时依然在怀念着昔日的美好人儿，但已然无法相见，只能用笔下的诗词来慰藉相思了。这首诗是写在一个雨天，触景伤怀，作者的内心也是湿漉漉的。看到如此景象，自是伤感，不由得写下了这首诗的结句，"雨洒长街都是泪，情多未必少年时"。这里着重说明了作者一直是重情之人，并不一定只是少年多情。结句以常语出之，却道出了内心深处不一样的沉郁悲凉、婉转缠绵，与第一首诗的风流蕴藉迥然不同。

两首诗风格不同，手法各异，然对伊人的深情却是一如既往，没有变化，由此可知作者的性情与为人。《人间词话》云："词乃抒情之作，故尤重内美。"其实诗词同源，写诗也要出语自然而凝练生动。这两首诗着重描写的是佳人难再得的心理，生动自然，字浅情深，天然去雕饰。

【野渡无人】

第一辑　多情执笔不成行

南乡子　忆故人

聚散两茫茫，空惹他人论短长。正是秋风生渭水，难忘，犹记情辞日万行。

着意苦寻芳，恨不临风醉一场。世事随缘无得失，思量，又是蟹肥菊花黄。

【品赏】

《围炉诗话》有云："诗贵有含蓄不尽之意，尤以不着意见、声色、故事、议论者为最上。"作为一种诗词美学观点，以轻灵飘逸、含蓄深沉为美，无疑有其正确的一面。但假如诗人情动于衷，不得不一吐为快，正当他情怀激荡的时候，若还要求他含蓄委婉，那么是不是有所桎梏了？诗词的美，并不是单一的，而是需要我们静静地去品味的。

爱好诗文者，大都有一颗敏感多情的内心世界。对他人，情深意长；对自己，则为情所困矣。但作者却不以为苦，只是从内心深处感到一种拥有真情的幸福。

作者于一个深秋的午后，忽然想起了当年的他们就相识在这样霜重枫红的秋天。唏嘘之余，不禁悲从中来，写下了这样的一阕深情款款的小词。

"聚散两茫茫，空惹他人论短长"，开篇即是弥漫心底的无限悲凉。聚散皆是缘，离合总关情。但是，现在除了自己默默怀想之外，空惹得他人说东道西，议论谁是谁非。"正是秋风生渭水，难忘，犹记情辞日万行"，最让人难忘的是，当年的深秋，与心中的那个她一见钟情，写给她的情诗真的可以用一日万行形容啊！这里的"秋风生渭水"是从唐诗"秋风生渭水，落叶满长安"里直接引用的，并无实指，只是说明那时候正是深秋季节而已，与下片的"蟹肥菊花黄"用意是一样的，都是代称秋季的意思。

"着意苦寻芳，恨不临风醉一场"，这是下片的起句，包含了离散以后寻找旧爱的辛酸、苦闷与彷徨，所以才会有恨不得大醉一场的悲怆。重情重义的性格，可见一斑。韶华已去，那人的背影也渐行渐远，但即使到了今天，依然让人深情地怀想。按说已经是世事随缘，得失天注定了，可没想到的是，在如今的蟹肥菊黄的深秋季节，依然会想起认识那年的秋天，依然还会将她写在纸上，记在心里！

深情、悲凉、淡然、无奈、彷徨、徘徊，不一而足。这是多么五味杂陈的感伤心绪！

【丝路花雨】

第一辑 多情执笔不成行

七律　忆故人

人生风雨一支箫，风雨兼程征路遥。

此去经年伤往事，几曾回首立中宵。

春来懒看檐前燕，心碎怕听雨后蕉。

梦里佳人能到否？闲愁闲恨为君消。

【品赏】

　　作者的执着性格，让他有着坚韧不拔的精神，可是也不可避免地让他在情感历程中多承担了几许彷徨与无奈，几许苦痛与感伤。这首诗作者敞开了心扉，生动刻画了自己的心路历程和心理活动。

　　"人生风雨一支箫，风雨兼程征路遥"，开篇两句"风雨"二字颇有节奏上的连续性，意思是说人这一辈子本就是要经历摸爬滚打、风吹雨淋的，而这也没啥可怕的，因为我们路还长着呢，我们仍要风雨兼程。当然，这里所说的人生风雨，本是可以广义理解的，但是在这首诗里却是特指的。那就是作者与心中的伊人远隔天涯，这样的事情很令人伤怀，很多年过去了，依然萦绕在心。也许就在某一个寂静的夜晚，他会默默地站立在窗前月下，为这多年前的往事感叹、惋惜、伤怀。"春来懒看檐前燕，心碎怕听雨后蕉"，屋檐下的春燕翩翩本是充满春之朝气的，可是也懒得看了，而雨打芭蕉，更是不堪听闻，生怕引起愁思。颈联以一个对偶工整的句子显示了作者的款款深情。凡执着之人，必有情深之处；凡情深之人，必有纠结之时。

　　其实，如此深情，又能如何呢？斯人已去，音信全无，只有傻傻地痴问：那位令人思慕不已的伊人还会来到我的梦境吗？要是真的得偿所愿的话，多年来的闲愁闲恨都会因为伊人的到来而烟消云散呢。

　　这首诗写得情深意长，从缠绵悱恻的字句中我们可以看出作者有真情，有真气。正如王阳明所说："人之诗文，先取真意。譬如童子垂髫肃揖，自有佳致。"这首诗情真意切，可谓得之也。

【野渡无人】

第一辑 多情执笔不成行

七绝　醉卧春风

春风醉卧石桥西，鸟不知名恰恰啼。
梧叶题诗思未得，秋波如水已心迷。

【品赏】

稼轩词风格多样，一向为作者所神往。日后虽然他的诗词形成了沉稳质朴、不失内涵的风格，但是这首诗却写得颇有灵性，情思飞扬，清新可人，在作者的诗词中可谓匠心独运，别具一格。"夫作诗者一情独往，万象俱开，口忽然吟，手忽然书"，诚哉斯言。

"春风醉卧石桥西，鸟不知名恰恰啼"，起句便是一幅让人觉得心旷神怡的画面。作者卧于石桥西畔的草坪上，欣赏着鸟语花香的美景，沉醉于温煦的春风里。"醉卧"二字并非说的是饮酒，而是彰显了作者迷醉春风、卧于草坪的憨憨神态。恰在此时，不知名的鸟儿在林间欢唱，似乎在欢迎春姑娘的到来。前两句抓住了春天的细节加以细致描写，也表达了作者对春天的喜爱与向往。

春就是一切美好的象征。与其说是作者对春天的向往，还不如说是作者对美好生活的热爱与对美好感情的希冀。作者在这样的情形下，身临石桥之畔，不禁春情荡漾，想给心上的人儿写一首情诗。愿望虽说是好的，却一直未能写成，为什么呢？难道是作者诗思不足，难以下笔么？正在犹疑之间，不禁哑然失笑，原来作者在结句透露了，情诗没有写好，没有其他的原因，只是因为，心上的人儿太美了，一泓秋波明澈如水，让他心醉了也！

袁枚说，"若夫诗者，心之声也，性情所流露者也。"这首诗刻画人物心理是很成功的，婉曲有致，避免了平铺直叙，所谓"文似看山不喜平"，从而意趣横生，摇曳多姿。

【画角连营】

水龙吟　晚来逢雨

　　晚来已是轻寒，奈何又对潇潇雨。朦胧泪眼，窗前枕上，低吟相续。寥落琴心，灯摇孤影，伴人清苦。有盈盈一水，微波荡漾，似知我，传幽愫。

　　犹识天涯归路。寄春情、相逢何处？天南地北，疑真疑幻，几多凄楚。芳草情深，悄然无语，千思万绪。待他年，若得红绳系足，欢颜长驻！

【品赏】

　　清人查礼在《铜鼓堂词话》里说："情有文不能达，诗不能道者，而独于长短句中可以委婉形容之"。由此可见，词这种文学体裁，乃是表情达意的最好载体。

　　这首情词乃作者少年时期所写。伊人远去，心中常常思念却不可得，一丝离愁别恨从作者的笔下缓缓流出，颇为缠绵婉转。少年初识愁滋味，无奈之下，只能用心用情倾诉。这一点与日后作者的含蓄深沉的怀人之作，有着截然不同的味道。但反观少年之作，满纸相思之情，内心丰富细腻。凡有真情实感，皆能打动人心。

　　开篇即有一种无可奈何之感。晚来轻寒也就罢了，还偏偏秋雨霏霏。这个"寒"字，除了指秋雨寒凉，还有内心悲凉之意。在古典诗词里，这样一词多解的情形很多，需要读者自己用心体会。在这样的背景下，无疑加重了作者的一腔离愁。作者夜来无眠，或立于窗前，或靠于床头，对心里的伊人的思念，让他时而喜悦，时而清泪，如此的离愁别恨，让作者的心境更是显得烦躁不安了。在作者的心上，最难忘的还是伊人的俊眉俏眼，情波荡漾。在她秋波盈盈的眸子里，好像还能感知到作者对她的无限深情。

现在伊人已经不在身边，远隔天涯。即使现在依然有情愁万种，又能在哪里与她邂逅相逢呢。再说了，将这一段过往的情感写下来，又能说给谁人听呢。这种刻骨思念的感觉，真的是千头万绪，亦真亦幻，让人平添几分凄楚与悲凉。也只有给自己一个难以实现的自我安慰了，要是有幸的话，待到他年如能再次相逢，红绳系足，该有多好。

综观全词，我们可以发现作者的诗风总体来说，将情感抒发得淋漓尽致，将自己的一腔离愁表现得细致绵密、婉约多姿，且可喜的是，结句振作不作悲声。

【画角连营】

伤春怨　别情

雨湿江南路，落尽闲花谁数。叹息独凭栏，梦断天涯归处。

别时人无语，别后情如许。愿为一瑶筝，曲有误、周郎顾。

【品赏】

"黯然销魂者，唯别而已矣"。人生在世，有多少痴男怨女真切地看清了红尘中的离合悲欢，尝尽了离愁别恨的滋味？又有多少人因此而黯然神伤？作者在这首词里借着意象塑造了一位女子，在一个细雨霏霏的日子里，想念分离的情郎，表达了相思情怀。

"雨湿江南路，落尽闲花谁数。叹息独凭栏，梦断天涯归处。"这样的雨季，春花零落成泥，纵有痴爱花草的人，也没什么工夫怜惜它了。此刻，栏杆前一女子独自百无聊赖地倚靠着，心儿却被牵引到了远方，因为那里有她关心牵挂的人呀。

"别时人无语，别后情如许"，这一句颇具对比性。分离的时候，双方都没有多少话可说：也许是执手相看泪眼，无语凝噎；也许是儿女家家的争吵赌气；也许是真的缘分已尽，无话可说。但分开之后，想到以前的点点滴滴，耳鬓厮磨，情意深深，不禁透不过气来。最后一句"愿为一瑶筝，曲有误、周郎顾"，可谓破空而来。"曲有误、周郎顾"乃是俗语，当年的周瑜精通音律，侍女弹筝有误，他就会回头看一眼，以示有差错。这首诗中的女子，为了召唤回远方的人儿，竟然愿意成为一个瑶筝，故意弹错音符，让他转身。

综观全词，上片由景抒情，直接写落花满地、凭栏叹梦。"湿"字用得好，潮湿的路上，潮湿的心情，一语双关。下片抒发心中所感，交代这份情来源于对情郎的思念。离别的时候没有太多的言语，别离后思情却是这般浓。结句情感升华，巧妙用典。周郎一曲终，再无世间音，什么时候曲误有人顾，再逢好知音啊！表达了一份浓浓的思念之情。《蕙风词话》云："填词之难，造句要自然，又要未经前人说过。"结句可谓诗思飘逸，奇思妙想却又合情合理，且运用俗语入词，格律精准，真切自然，无雕琢之痕。

【陌上花开】

伤春怨　雨荷

　　辗转红尘路，看尽分离无数。雨打小荷圆，更念伊人孤旅。

　　旧游荷塘处，独立愁凝伫。举目叶田田，又怎奈、心儿苦。

【品赏】

　　这首词虽描绘的是雨中荷花，然而却是一首典型的借物喻人，满溢着别恨离愁的诗篇。张戒在《岁寒堂诗话》里说："情动于中而形于言，岂专意于咏物哉。"古往今来，类似题材可谓汗牛充栋也，但在这篇短章里，写法有着别样的逸趣。

　　"辗转红尘路，看尽分离无数"，起句直点主题，红尘辗转，离愁万千。然而读者如有慧眼，仔细玩味揣摩，却见句中着"看尽"二字，颇有看破红尘，决意斩断情丝之意。从字句上看，是淡然一切，作刚强决绝语，实则依然缠绵悱恻耳。作者在这首词中表露出来的多侧面的性情特点可见一斑。果然，执着的作者还是善感多情，对萦绕内心的往事难以忘怀，情思痴缠，冒雨来到了与伊人同游的荷塘。"雨打小荷圆，更念伊人孤旅"，绵绵的细雨打湿了圆圆的荷叶，也打湿了作者思念伊人的心，不禁叹一声，如今已是荷圆人不圆矣。想起当年二人亲密并肩，在充满荷香的池塘边，你侬我侬，留下了多少的欢声笑语。现在，只有自己独立荷塘边，凝望天际。放眼看去，青翠的池塘满布田田荷叶，弥漫着淡淡荷香，还似当年景象。只是，今非昔比，物是人非事事休，又有谁知道，作者的心灵和莲蓬一样，内心苦涩？

　　此词创作手法新颖别致，多用对比，荷叶圆而人不圆，"叶田田"（甜甜）而"心儿苦"，皆独到之处也。正如《白雨斋词话》所言："言近旨远，其味乃厚，节短韵长，其情乃深。"

【画角连营】

第一辑　多情执笔不成行

五绝 眉黛隐春山 四首

其一

眉黛隐春山，蟾光寂寞圆。

暗思何处约，花下小楼南。

【品赏】

这首诗生动刻画了一位天真少女相约意中人的心理活动。

"眉黛隐春山，蟾光寂寞圆"，这一句着意点明在一个花好月圆之夜，一位眉似春山、目如秋水的少女正在寻思着在哪里与情郎相会。这样的美景良辰，自然不可辜负的。要注意的是，"蟾光寂寞圆"，并不是说诗中的少女寂寞，而是指月中孤影茕茕的嫦娥看见了少女与情郎的欢会而愈发得显得孤寂。天地多情，即使嫦娥是寂寞的，却依然是圆月在天，一片清辉，无私地给人间的女子甜蜜温馨的旖旎之梦，这里显露出来的是天地人的高度统一。

"暗思何处约，花下小楼南"，此乃约会地点也。琢磨一下，在句子嵌入"暗思"二字，一是说明在这位少女的眼中，可以去的约会地点还是不少的，要不也不会用"暗思"这个词。这里存在着暗中有比较，哪个地点更合适的余味；二是一种害羞腼腆与矜持的意思，紧扣着女子的心理活动来写，从而更传神，更有说服力。

这首诗炼字准确，借月中嫦娥的寂寞来反衬怀春少女的幸福感，对比强烈。所谓意在笔先，神余言外，得诗意之旨。

【陌上花开】

其二

眉黛隐春山，小楼独倚栏。

柳条千万缕，似挽故人还。

【品赏】

《小草斋诗话》云："诗者，人心之感于物而成声者也。风拂树，则天籁鸣；水激石，则飞湍咽。"由此可见，诗词是要有感而发，触景生情的。

这首诗里的所塑造的女子，因为相知相爱的人儿远离了自己，不在身边，因而情难自已。无言独上西楼，意在打发寂寞时光，映入眼帘的却是春天来临的景象，岸边的新柳如细腰的女子临水而照，自有独特的芳姿。如此景象，让她更加想念远方的心上人。

"眉黛隐春山，小楼独倚栏"，形象地刻画了一个沉溺在思念中的女子。娥眉轻颦，隐隐地透露出一丝淡淡的哀怨之情，只好斜靠着楼台，默默怀想着与意中人的欢聚往事。这位女子的神态动作、思想感情被刻画得跃然纸上。

可是当她从甜蜜的想象中回到现实，又是多么寂寞冷清，不由得更是怀念两个人你侬我侬、情深意长的生活，难免地心生一丝怅惘，要是他没有远离，还在自己身边该有多好啊。在这样的想象之中，不由得又一次看了看水岸边的青青杨柳，那丝丝柳帘，就像一条条思念的牵绊，在挽留牵扯着心中的人儿早日归来。

这首诗的写法颇有一些王昌龄《闺怨》的意味，诗云："闺中少妇不知愁，春日凝妆上翠楼。忽见陌头杨柳色，悔教夫婿觅封侯。"都是独居女子看到了春意盎然的美好景象，而生发无人陪伴的哀怨，意在挽留夫婿的心理活动被描摹得细致生动而传神。

【陌上花开】

其三

眉黛隐春山，知君行路难。

嘱栽三两竹，着意报平安。

【品赏】

　　这首诗写的是那位女子已然和心上的人儿分别，却在思念之余，表达出的情怀既不是离愁，也不是别情，更不是自怨自艾的哀怨，而是为着远去的人儿担惊受怕，期望平安归来的心理。这说明这个女子随着时间的推移，已经不是那个娇小天真的怀春少女，而是懂得念家怀人的成熟女子了。

　　情郎不在身边，自是不甚习惯，眼角眉梢都隐藏着淡淡的思念之情。但这时候她想的更多的是，他在外面路途一定是行程艰难，独自在外，风餐露宿，都要靠他自己去照料。思来想去，还真的难以放下心来，这可怎么办才好呢。

　　于是女子只好傻呵呵地想着，还是嘱托一下他好好地照顾自己。能不能在住宿的地方栽上几竿竹子，倒并不是说她的情郎喜欢竹子，"不可一日无此君"，而是竹子在中国老百姓的眼里，还有竹报平安的意思。栽得几竿竹，是为了嘱咐他记得向自己报个平安，以免让她牵念担心。这样的联想很是出人意料，却依然是可以让人信服的，这往往是读者们胸中有、笔下无的感觉。所谓写诗得真切自然，却又不经他人道，就是这个意思。

　　这首五绝，全从女子担忧外出游子行路难来着眼，虽一字不言情，却见用情至深，亦如《白雨斋词话》云："似不经心，而别有姿态。盖全以神味胜，不在字句之间寻痕迹也。"这份思念隐隐约约，深深蕴含其中，有心人自能领会。

【陌上花开】

其四

眉黛隐春山，小楼秋夜阑。

君来忙扑粉，对镜犹回看。

【品赏】

　　这首小诗虽然只有短短二十个字，却写得情趣横生，颇得其妙，与前面几首诗所表达的淡淡的哀怨迥然不同。

　　诗中的主人公依然是那位倚楼远眺的女子，只是时过境迁，已然不是当年那位天真活泼的怀春少女了。情人别离最是黯然销魂，思之念之，音容笑貌，宛然还在眼前。如此深情的女子，偏偏梦醒在三更梦回的秋夜，窗外疏叶摇风，沙沙作响，更添得无限怅惘。黛眉轻颦，这该是多么寂寞与哀怨！

　　在这样的诗境下，这位女子该是怎样的心情呢。难道就这样一直傻傻盼望下去么？可喜的是，作者并不忍心让这个女子孤影茕茕，慵整云鬓，无人相伴下去。下文笔锋一转，女子登楼远眺，却发现自己日思夜想的情郎突然给了她一个惊喜，他风尘仆仆地从远方回来，已经在通向家门口的路上了。这该是何等的兴奋与幸福！于是，连忙对镜扑粉梳妆，出门相望迎接。但在出门前的一刹那，还是对自己的妆容不太放心，对着镜子又回望了一眼，这才芳心安稳，大方出门迎接郎君进家门。

　　这首诗的妙处即在"君来忙扑粉，对镜犹回看"这一句。全诗并没有出现情郎身影，却能感受到诗中女子独居闺房时那份等待的怅惘，情郎归来时那份迟来的幸福，梳妆迎接的忙乱，对镜回看的细腻……准确生动的描写把一位独居女子的内心感情刻画得活灵活现，如在眼前，读者也为之欣喜雀跃，大有守得云开月儿明之意。

【陌上花开】

卜算子　替宝玉祭黛玉

别也断人魂，见也何由见！梦里依稀两无猜，梦醒愁肠断。

帘外月西沉，谁问情深浅？记得三生石上缘，独步潇湘馆！

【品赏】

这是一阕作者以宝玉的身份痛悼黛玉的词，含蓄、深沉、别有怀抱。

上片开篇作者直抒胸臆，"别也断人魂，见也何由见！"宝黛二人的爱情悲剧感动过无数人，《红楼梦》也因此成为汉语言文学中前无古人后无来者的伟大著作。林黛玉是红楼姐妹中最了解、同情和支持宝玉的，从她的身上可以看到古典文化所陶冶出来的高洁才情。她不仅容貌出众，而且才华横溢，与宝玉灵犀相通，是宝玉真正的知己和伴侣。这样一个不食人间烟火的女子，本该就不属于尘世，一缕香魂也化为了芙蓉，质本洁来还洁去。正是于此，宝玉对黛玉的感情也是最为深厚的，每每读到曹翁笔下哭黛玉的章节，都会让人情难自已，不忍卒读。作者也正是基于这样的感受，才迸发出"别也断人魂"这句欲哭无泪、欲言又止的心声。黛玉的死让多少人扼腕，宝黛的爱情又令多少人痛惜。起句也让我想起了周邦彦的那句"尚有相思字，何由见得"。如果说清真居士的"何由见"还带有理性的疑问，那么作者的"何由见"就是一种泣血的感叹！

"梦里依稀两无猜，梦醒愁肠断。"这里作者用了两个梦，着重强调了"梦"与宝黛二人之间的重要关联。三生石畔，是绛珠仙子为还神瑛侍者浇灌之恩，双双投胎人间，才演绎出一场怀金悼玉的红楼之梦。

而黛玉死后，宝玉娶宝钗，宝玉也就只有在梦里才能够与黛玉相见，回忆二人的两小无猜、情投意合。而梦醒后，一切都不复存在，只有肝肠寸断和锥心刺骨的痛。

"帘外月西沉，谁问情深浅？"作者终于把目光移到了窗外。文风朴实，直抒胸臆，是作者行文的特点，此阕卜算子也不例外，依然带有浓浓的独特风格。作者用帘外西沉的明月象征宝玉此刻的心情，如果那时候有香烟的话，宝玉一定会猛吸几口，然后搔断几根头上的青丝，以此发泄心底的那份思念与疼痛。作者望向窗外西沉的明月，谁还需要问到底用情是深还是浅吗？这也是全词感情的凝聚点。作者用直白质朴的字句，勾勒出了宝玉思念黛玉的深挚情怀，这种正面落墨的方式，正是作者诗词的一大特点。

"记得三生石上缘，独步潇湘馆"的结句，使我眼前忽然呈现出一个画面：宝玉落寞的身影和潇湘馆人去楼空的场景，唯有一丛幽幽翠竹依旧默默地在风中摇曳着。宝玉的悲凉与孤单，通过"独步"二字显现出来。真正的爱情，总是随着岁月的增添而让人久久难忘，那些强烈的悲痛，不会随着时间冲淡，而是变成深藏体内的熔岩，一遇出口就会喷薄而出。一个"记得"看似寻常，却藏起多少深哀剧痛。

【淡淡云裳】

第二辑

性灵文字成知己

贺新郎　与绿茶一盏同赏樱花，花雨缤纷，心境怡然。赋长调赠之

放眼人间世。溯生平、知交散落，今能余几？年少轻狂空寰宇，自许谪仙游戏。意纵横、天风万里。刹那芳华归去也，到如今闲恨无由避。况世味，薄如纸。

茶君相伴成知己。看樱花、风吹花落，风吹花起。咏絮妙才人素淡，明澈秋波如水。更有那、诗心清丽。翰墨淋漓词笔健，愿天涯咫尺相沉醉。长醉在，墨香里。

【品赏】

"海内存知己，天涯若比邻"，这句诗真切地反映了人们渴望知己与温情的心理。人生在世，能有几个知己朋友，该有多么的幸福。

其实在每个人的心灵深处，都是希望别人了解他，懂得他的。要知道在这样的繁华喧嚣的尘世，能够有这样一位真正懂得他的内心的人，该是多么不容易啊。

这首词的写法很独特，甚或可以说是有些出人意料。

明明是写欣赏樱花的，却先写自己的轻狂年少；明明是一首赠给绿茶一盏的词，却又开篇宕开一笔，没有着意描写眼前的这位好友，而是心潮翻涌，回溯起自己这些年的云烟过往。也许，在作者看来，朋友之间的相互理解，首先自己就得是一个愿意敞开心扉的人，而这也才可以算得上是真挚的友情吧。

"放眼人间世。溯生平，知交散落，今能余几？"辗转红尘，身不由己，知交散落天涯，也是无可奈何的事情。其实仔细揣摩，起句已经暗示了，在往日的朋友们都已然杳无音讯的境遇下，现在能够结识绿茶一盏这样的朋友，该是怎么样的幸运！"年少轻狂空寰宇，自许谪仙游戏。意纵横、天风万里"，这是在回忆少年时期的自负轻狂，豪情勃发

之态。壮志雄心，自比李白，纵横天地，驾长风破万里浪，可谁又能知道，等到褪去了少年青涩，韶华老去，尝尽世态炎凉，唯愿与朋友们文字相知，默然于心？

"茶君相伴成知己。看樱花、风吹花落，风吹花起"，下片衔接自然，思绪悠悠，点出自己与绿茶一盏同赏樱花的往事。有了上片的铺垫过渡，这一句显得相当流畅，没有突兀之感。"风吹花落，风吹花起"，这一句虽说是写景，却轻灵洒脱，寓情于景，信手拈来却又清丽无端，余味悠长！

在作者现在为数不多的文朋诗友中，绿茶一盏尤其让他欣赏。那么她又是怎么样的一个人呢。于是作者折笔而来，工笔细绘了绿茶一盏。"咏絮妙才人素淡，明澈秋波如水。更有那、诗心清丽"，"咏絮才"展示了她的才情，"人素淡"表明了她的心态修养，而"秋波如水，诗心清丽"则更赞许了她是一位秀外慧中的女子。通过这样的精炼用词，层次递进的描述，一位有着深厚文化底蕴的女子跃然纸上，同时也将两人的真挚友情表达得婉曲有致。这样的人，又怎能不让作者引为知己呢？

"翰墨淋漓词笔健，愿天涯咫尺相沉醉。长醉在，墨香里"，这首词的结句更是意蕴深长。作为都把文学作为共同爱好的朋友，只愿谈诗论文，酣畅淋漓，相对沉醉在墨香里。仔细想来，这是多么美好的画面！人生在世，身边有着如此一位可以相互了解、引起心灵共鸣的朋友，又是怎样的一种幸福。

【月印清潭】

第二辑　性灵文字成知己

念奴娇　赋樱花　赠绿茶一盏

素心雅淡，问阿谁，比得玉人颜色？柳上春风空来往，羞煞桃红李白。倩影温馨，花开烂漫，岂借东君力。情浓意远，不知哪个相忆。

尝记同赏樱花，花落风吹起，纤手轻摘。花雨缤纷沉醉矣，自有清新标格。墨溅茶香，万般风采，知己情难得。纵如归去，梦中犹有人惜。

【品赏】

这首词应该与前一首《贺新郎·与绿茶一盏同赏樱花》相互参看。

又一年春天来到，作者独自徜徉于樱花丛中，感受着春天的美好。忽然记起，去年此时，曾与绿茶一盏同赏樱花，于是浮想联翩，诗情起矣。

在作者眼中，绿茶一盏风神淡远，素心雅洁，有谁能比得上呢？起句设问，自然引入作者心中所思，却又宕开一笔，没有给出明确答案，转而描绘樱花去也。起句空灵，不落实处，诗思飘逸。柳上春风，桃红李白，热闹非凡，却无法与樱花争艳，都得含羞退让。用对比烘托手法，极赞樱花之美，可知作者醉翁之意不在酒，在于借樱花之美，赞友人绿茶一盏的绰约风姿。所谓人即是花，花即是人，交相辉映也。

"倩影温馨，花开烂漫，岂借东君力。情浓意远，不知哪个相忆"。今年樱花依然花开烂漫，想起那年欣赏樱花的知己，他的内心温润亲暖。此时，有谁和他一样忆起这段温馨的过往呢？

"尝记同赏樱花，花落风吹起，纤手轻摘。"下片起句顺势而来，衔接自然，流畅清新，不但想起了那年同赏樱花，也想起了那年留下的一首《贺新郎》，在花雨缤纷之中，不由得深深沉醉。"墨溅茶香，万般风采，知己情难得"，作者由衷地感到，有绿茶一盏这样"自有清新标格"的知己，真是很幸运的事，同时也深深表达出了作者对世间知己难寻，能遇到一位与自己诗文唱和、意趣相投的知己更难的内心深深的感叹。

正值樱花绽放的季节，回想起当年的温馨往事，花瓣随风飘落，心中泛起无限春意，质朴之中蕴藉着深厚的感情。这首词明写樱花，实赞绿茶一盏，表明作者珍惜花开美好，珍重友情芬芳。这首词表达出的世间的友爱，朋友的情谊，如同春色一般情意绵绵，令人品味不尽！正如王国维在《人间词话》里所言："其言情也必沁人心脾，其写景也必豁人耳目。其辞脱口而出，无矫揉妆束之态。以其所见者真，所知者深也。"

【月印清潭】

第二辑　性灵文字成知己

七绝　赋樱花　赠绿茶一盏

红雨缤纷欲湿衣，晚樱花落梦依稀。

来年待到春光好，陌上与君缓缓归。

【品赏】

诗词之道，并不是堆砌华丽辞藻，应该是真切自然，有感而发。若是内容空洞而浮躁，不过是绣花枕头罢了。写出自己的心声，表达出自己的真实感情，才能引起读者的共鸣，真正地品味诗词的妙韵。

这首诗，并没有浓墨重彩的笔调，只是以一种淡远取神的风格顺意写来，表达了作者细腻的情怀。

作者的遣词造句还是很用心的。他并没有用"花雨缤纷"这样的常用词语，那样不但觉得俗套，而且显不出"樱花"给作者的独特的心理感受。于是，他开篇就说"红雨缤纷"，表达了作者看到樱花纷纷飘零，心中自然生出的惋惜之意，既说明了樱花的颜色，也表达了樱花落下如雨、沾衣欲湿的婉约情致。

可是樱花花开也好，花落也罢，美则美矣，但作者独自赏着樱花，毕竟有些落寞。看着风吹花落，作者的感觉就像是梦境似的。我们可以想象得到，在樱花树下，他独自徘徊着，沉吟着，不经意地拍打着樱花的树干，如同面对一个至交好友。

从诗意可以看到，作者的好友绿茶一盏，因某些特殊原因，错失了欣赏春光的美好机会，本是可惜的事情，但作者在诗中却安慰这位至交好友，年年岁岁，春天总会来到的。今年错过了，不要难过，只要心有温情，就能真切地感受到春暖花开。且待到来年，一起欢喜踏青，看陌上花开，与春天相约，赏春光无限，与君一同缓缓归。

这里有一处用了典故，吴越王钱镠目不知书，然其寄给回娘家的夫人的书信却深情款款，"陌上花开，可缓缓归矣"，不过数言，而姿致无限。此处"与君缓缓归"乃化用，指赏春归来也。

综观全诗，不作寻常愁时落花语，虽微有叹惋，却能够积极鼓励故人早日走进春天，情感真挚而温暖。诗风婉曲清丽，轻灵有致，具淡远清雅之态。

【月印清潭】

第二辑　性灵文字成知己

卜算子 八章

吾友绿茶一盏,芳辰将至,赋卜算子八章,分别嵌入"绿茶一盏生日快乐"各一字,祝贺!

其一【绿】

舞美绿腰①柔,咏絮人非俗。自有潇潇林下风,风致如修竹。

性静喜安然,常乐心知足。为问此时月影中,君把谁来读?

【品赏】

开篇"舞美绿腰柔,咏絮人非俗",生动刻画了绿茶一盏不但擅长歌舞,而且文采出众,具有一种秀外慧中的美。咏絮典出谢道韫,由此可知绿茶一盏是一位能诗擅文的女子。她在作者的眼里,是那样美好,颇具林下美人之风也。"自有潇潇林下风,风致如修竹",这两句在语感上因了一个"风"字的前后衔接,而具有了节奏上的连贯性,句式流利畅达,如潺潺溪流,叮咚悦耳之声不绝。

下片重点描述了绿茶一盏。原来,她是一位喜欢读书,性格宁静安然,知足常乐的女子。结句,是一个疑问句,真的想问问你啊,在这样的月明之夜,你是否又在读书?又在读谁的书呢?这个问句,其实是不需要回答的,但有了这样的一个疑问,给读者一个遐想的空间,这首词的韵味也随之出矣。

这首词淡远取神,将绿茶一盏的风韵娓娓道来,可谓"字浅言深"。

【月印清潭】

————————

①绿腰:一种唐代汉族舞蹈,以翩然柔美见长。

其二【茶】

君家住山林，素禀真纯气。尤在清明谷雨时，正得其中味。

我自有春茶，欲寄无由寄。若得清风腋下生，醉倒春山里。

【品赏】

这首词乃借物喻人也。不过从上片来看，完全可以理解为吟咏茶叶。山林里的茶树，向来具有朴素纯澈的气质，特别是在谷雨清明之时，正值茶叶上市，滋味最足。但在这里，作者用茶叶来暗喻，明确地告诉了读者，绿茶一盏是一位情怀纯澈的人。

下片转入作者的感慨。作者自己也是爱茶之人，所以才有"我自有春茶，欲寄无由寄"之句。作者想把自己身边的好茶叶送给绿茶一盏，却迟迟找不到合适的理由、合适的机会。因为作者知道，茶叶，对于作者和绿茶一盏来说，都是风雅之物，身边都是少不得的，所以，"寄与不寄间，妾身千万难"。

饮茶的确是人生一乐，假如可以达到腋下习习生风的境界，那真的不妨沉醉在弥漫春茶清新之气的青山里。而作者与绿茶一盏的真挚友情，也就像那一盏清茶，可以在人生的岁月中慢慢地品味，醉在茶香中。

【月印清潭】

其三【一】

相识一年余，翰墨铮铮友。字里行间论短长，助我分良莠。

文字见知心，为问君知否？谢汝红尘共往来，且尽一杯酒。

【品赏】

这首词是一首真情感恩之作。其实，作者与绿茶一盏的相识相交时间不长，但在作者的眼中心上，绿茶一盏就是他的翰墨知己，可以在诗词文章中共同探讨研究，帮助辨别文字的优劣。想想看，这是多么美好的一件事情啊。

作者对绿茶一盏的感恩，是实实在在的。所以下片的开端作者不禁对绿茶一盏发出一问："文字见知心，为问君知否？"文字上的至交好友，可谓知心。可是真的还是忍不住想问问，我们俩的文字交往，是否算得上知心呢？这个问句不过是虚设而已，但却真实地反映了作者对绿茶一盏的珍惜之情。因为这首词的结句，作者充满感激地对绿茶一盏表达了心中的谢意，"谢汝红尘共往来，且尽一杯酒"，此时此刻，美好的友情尽在这一杯酒里，是那样温暖而芬芳。

这首词，深刻地体现了每一位翰墨中人对文字知己的需求、理解和感激，读之，一咏三叹！

【月印清潭】

其四【盏】

一卷手中书，四季花开满。怪道诗文韵味长，自是风神远。

正直见真情，善感多柔婉。原本明心慧眼人，禅意茶一盏。

【品赏】

绿茶一盏最大的爱好，除了读书品茗，就是侍弄花草。"一卷手中书，四季花开满"，形象地再现了绿茶一盏的日常生活。"怪道诗文韵味长，自是风神远"，这一句紧接着上句而来，颇有些意蕴，可以说是一种自问自答的意味。怪不得绿茶一盏的诗文韵味深长，风神悠远，原来和她平时读书、爱好花草来修身养性有关系啊！这里也显示了作者对绿茶一盏发自内心的欣赏。

下片着重刻画她的个性特征。正直纯真，善感柔婉，本就是一个聪明伶俐，兰心蕙质的人儿，再因喜欢品茶，尤其显得心灵美好，生活多了一份禅意，这更是绿茶一盏与他人迥然不同的地方。

这首词文字风流蕴藉，将绿茶一盏的性情刻画得跃然纸上，仿佛她就站在作者眼前，轻颦浅笑。

【月印清潭】

其五【生】

窗下忆当年，已是神交久。细品诗文逸趣生，拂面清风有。

暗思是阿谁？院落忽邂逅。不意一朝相见欢，恰似从前友。

【品赏】

这首词又回到了现实中来，作者立于窗下，深切地回忆起当年和绿茶一盏的交往。虽然未见过面，却在一家报刊上发表过文字，对双方的名字早就有所耳闻了。

即使作者和绿茶一盏当初没有见面的机会，但是作者对绿茶一盏的文风却十分喜欢。那时候看到绿茶一盏的文章，细细品读，就觉得她的文字有真情、有意趣，如清风拂面，十分欣赏。心里不禁在想，这样的一个文采斐然的女子，她是谁呢。

这个疑问，一直深深埋在作者的心里。多年以后，忽然有一日，在单位的院落里偶然相遇，实在是很巧合的事情。其实，也不过是几分钟的时间，却交谈甚欢，就像是多年未见的老朋友似的，也许，这就是如逢故人的欣喜吧。

这首词明白如话，然脉络分明，将作者的思绪由现在转向往昔岁月。在亲切的回忆里，两个人的朋友知己之情被描绘得温馨动人、自然真挚。

【月印清潭】

其六【日】

今日是良辰，应许三杯酒。诗有别才酒别肠，恨我都无有。

我自有真情，着意为君寿。只愿年年共此时，斗酒诗千首。

【品赏】

这首词是紧扣生日贺词来写的。总体来看，写得情真意切，温暖芬芳。

"今日是良辰，应许三杯酒"，开篇就说，今儿是绿茶一盏的生日，大家一起为她衷心祝贺，按说，作者也应该是要喝三杯酒的。可是呢，诗才和酒量，作者都是没有的啊。这里，着重点出一个"恨"字，这个字很强烈地反映了作者的惋惜、懊恼之情。而绿茶一盏是一个既有文采又有酒量的女子，在作者心里，是一直想与其痛饮一回的。

这首词的下片，摈弃了诗文和饮酒的意象，只是很真切地对绿茶一盏说，我什么都没有，只有一颗真挚的知己之心，我是着意用心地为你过生日的，这也就够了，不是么？对于作者来说，只愿年年这个时候，都能为你写下美好的生日贺诗！

这首词在字句上有其用心之处，从整体来看，首先以平实无华的语气强调了今天是绿茶一盏的生日；接着陡起一转，一个"恨"字，忽露惋惜之意；再续以"我自有真情"的自我开解，饱含真挚关切之情；最后，对以后与绿茶一盏的交往，表达了知己情深的意愿。可谓跌宕起伏，摇曳生姿！

【月印清潭】

其七【快】

花语见情深，素面风神秀。秋水一泓柳若眉，殆是天仙否？

典雅性谐诗，纤弱偏能酒。快意人生快意文，谁可出其右？

【品赏】

这首词就好像是一首工笔画，使得绿茶一盏在作者笔下，更显得典雅清秀、温婉可人。

"花语见情深，素面风神秀。秋水一泓柳若眉，殆是天仙否？"上片以精炼的笔墨，既点出了绿茶一盏擅长养花，也描绘了她外表的美好。风神淡远，秋波如水，黛眉如柳，这样的丽人，莫不是仙女下凡尘？可谓将这位品貌俱佳的女子形象一笔描尽。

"典雅性谐诗，纤弱偏能酒。快意人生快意文，谁可出其右？"原来，绿茶一盏性情典雅，雅好诗词，更难得的是，虽然是纤弱女子，却酒量了得。诗酒文章，快意人生，这是多么美好的生活，多么快意的体验啊！

这首词以刻画人物为能事，诗风轻灵洒脱，自有余味，细品之别有意趣。

【月印清潭】

其八【乐】

君本乐山林，难得闲情有。忽忆儿时赤足行，青石都凉透。

山鸟自呢喃，唤得山花秀。知君行向大别山，翘首殷勤候！

【品赏】

这八首《卜算子》是一组生日贺词。在时间上，写于绿茶一盏去大别山旅游之前。

"君本乐山林，难得闲情有。忽忆儿时赤足行，青石都凉透"，首先点明了绿茶一盏因为工作性质的关系，虽然乐山乐水，喜欢徜徉于大自然之间，但总是难得有时间、有闲情。更多的只有回忆起儿时往事，那时候，赤足走在青石板上，那丝丝的凉气，都好像能把脚心凉透似的。

"山鸟自呢喃，唤得山花秀。知君行向大别山，翘首殷勤候！"下片通过想象，着重描绘了大别山花鸟的盎然生机。山鸟呢喃，叽叽喳喳地欢鸣，唤醒了春天，唤醒了秀丽的山花。当这些花鸟得知绿茶一盏即将来到大别山的时候，都在兴奋地翘首等待迎候！

这首词写得与前面几首稍有不同，是以大别山的花鸟迎接绿茶一盏的到来为主线，其实，还是为说明绿茶一盏的美好。心存美好，便是春天。春鸟呢喃，春花秀丽！

【月印清潭】

貂裘换酒　惊闻绿茶一盏车祸住院，探望之

　　万幸平安矣！问当时、惊魂一刻，可堪成忆。消息初闻人恍惚，恰似晴空霹雳。犹不信、竟能如此。记得那天心忐忑，惴惴然，落地还提起。有谁知，着伤未？

　　性灵文字成知己。恨不能、足生双轮，肋生双翼。有德有才天眷顾，福佑安然心喜。看窗外、梅香飘逸。幽雅正如君风味，且陶然，花语书香里。待他日，为君醉。

【品赏】

　　貂裘换酒是词牌《贺新郎》的别称。张辑词中有"把貂裘，换酒长安市"句，所以又名《貂裘换酒》。据作者透露，之所以没有用《贺新郎》这个词牌称谓，源于此词为探望病中友人而作，不宜有"贺"之字眼，且友人绿茶一盏善饮，故用别名《貂裘换酒》。此调声情沉郁苍凉，宜抒发激越情感，可见作者之心细，友情之深切。

　　上片起句作者就高调高至，直抒胸臆。"万幸平安矣"，作者没有做更多的铺垫，而是直接告诉我们病中友人的近况，一切平安！突如其来的惊魂消息原来只是一场虚惊，真是不幸中万幸。在这里我们不去探究为什么词人没有按照词的惯常写法，上片写景，下片抒情，或者是采用婉转有致的手法向我们娓娓道来，而是直接叙事，在层层的铺叙中渗透着强烈的情感。这样陡峭的开场，作者把自己逼入了一个高音区，看似寻常的叙事情节，却是词人情感深化的基础，从"初闻人恍惚"到"晴空霹雳"，再到"惴惴然，落地还提起"，这一连串写实的心情描写，让我们更加洞悉了词人对病中友人的关切疼惜之情，言辞间的真挚情感天地可鉴。全词夹叙夹议，虚实之间抒意绵长，生动的比拟增添了全文情感的力度。此时，无需矫饰，一切的描摹都已成为多余，唯有心

底最深的惦念涌起，方能得以表现。

写实，没有更多华丽的辞藻，没有更深的语言雕刻，却也成为作者自己朴实练达的诗词风格。

下片，是作者对友人心性品格的赞咏，也为我们铺展了两人的默契友情。"看窗外、梅香飘逸。幽雅正如君风味"，词人用了一个恰当的比喻，为我们勾勒了一个如梅品性的君子形象。而一句"且陶然，花语书香里。待他日，为君醉"，又暗藏了词人的多少期许，让我们也不禁为友人未来的日子有了诸多安慰。

作者从闻讯友人患病的愁思与忐忑，到得知安然无恙的惊喜与祝愿，到最后的期许与豪情的意兴抒发，无不采用朴实的写实风格。除了窗外一枝飘逸的寒梅，我们甚至没有找到一处关于景致的描摹，这完全颠覆了我们对传统诗词写作的了解，而这一枝梅恰恰就是最美的构图。

【淡淡云裳】

七绝　题绿茶一盏"赤阑桥红叶"照片

赤阑桥下步迟迟，红叶翩然映碧池。

忽忆当年卢渥事，情思荡漾且题诗。

【品赏】

　　在中国古诗词中，赤阑桥是与南宋词人姜夔（号白石道人）紧密联系在一起的。这位两宋时代仅次于苏东坡的全才型文学艺术名家，颇得杨万里、范成大、辛弃疾、朱熹等时代大家的青睐。

　　姜夔曾游合肥稍久，并有"我家曾住赤阑桥，西风门巷柳萧萧"之句。他和赤阑桥歌妓柳氏姐妹相好，但好景不长，合肥城被金兵所破，他从外地匆忙赶来探望，不料遭到俩姐妹的白眼："国家有难，岂能熟视？"姜夔羞愧难当，遂投奔了抗金义军。收复合肥时，姜夔回到赤阑桥，只见桥毁楼空，俩姐妹不知所终。这大概是赤阑桥最为凄美的传说。赤阑桥，自此与姜夔结下了不解之缘。无可奈何的是，赤阑桥诗词有姜夔则流于俗套，无姜夔则显单薄，始终让人难以取舍！本诗作者痛下决心摒弃了姜夔，令辟蹊径，着眼于对红叶的歌咏。信步赤阑桥下，流水潺潺，一池碧绿；岸有萧疏红叶，翩然如蝶，时时落入水中，随波远去。此情此景，不禁让人怀想起"红叶题诗"的旧事。

　　唐诗人卢渥到长安应举，偶然来到御沟旁，看见一片红叶，上面题有一首诗，从水中取去珍藏，卢渥随后高中进士。后来，唐宣宗后宫人满为患，决定遣散部分宫女，卢渥因心有所系，获准前往挑选一名宫女为妻。但想到那个红叶题诗的宫女，卢渥情不自禁地拿出了那片红叶，不料妻子万分惊异，脱口而出："流水何太急，深宫尽日闲。殷勤谢红叶，好去到人间。"卢渥大惊："你就是那个题诗的宫女？真是太巧了！"四目相对，激兴无比。本诗作者"忽忆当年卢渥事""情思荡漾"，遂有此《赤阑桥红叶》一绝也！

【晓芙】

七绝 题绿茶一盏"雪中黄山行"照片

携得诗情入画图,琼瑶踏碎望天都。

白衣胜雪人如玉,羞得花枝一朵无。

【品赏】

某年,好友绿茶一盏黄山旅游,恰遇琼花漫天,不禁逸兴遄飞,归来得"雪中黄山行"照片百十来张矣。作者细观之,默无一言,心中暗自揣摩良久,叹一声,真乃美轮美奂。黄山佳处,也曾登临,素知"奇松、怪石、云海、温泉"四绝誉满天下,然雪后黄山之美却是无由得见。作者心驰神往,复观照片再三。见绿茶一盏行于风雪之中,不觉诗情起矣,书以赠之。

"携得诗情入画图,琼瑶踏碎望天都",此之谓起笔空灵,不落实处。唯有空灵,才能留给人无限想象的空间。从前两句看,并不知是谁携得诗情,琼瑶踏碎,遥望天都峰也。只是使人觉得,雪后黄山美景如画,再有诗情跌宕于胸,那是何等的快意人生!诗歌,总是要有景有境有情的,这两句已经点明了冒雪山行的题旨,作者也就不再赘言了。诗贵凝练,正在此处。

终于我们的诗词主人公要出场了,原来是一位很有古典气质的白衣女子,从山路上款款而来,真可谓白衣胜雪美人如玉也。也正是因为如此,才会逼出这首诗的最无理也是最有情趣的一句,那就是"羞得花枝一朵无"。为何如此说法呢?请君细想,冬天的黄山,白雪皑皑,哪里有花可观赏?可作者偏有诗心,偏有诗趣,说是黄山的花花草草因为看到了这位明澈如玉的佳人,羞惭不已,于是全都躲了起来,连一朵花也看不见了。正所谓"诗有别趣,无理而妙",细品之,别具一番情趣在。

【月印清潭】

西江月　为一拂烟云题照

曼妙似宜歌舞，英姿偏在军营。一颦一笑唤芳卿，闲拈春花不应。

倩影曾经淠水①，微诗②横溢才情。那年经过六安城，人走茶犹未冷。

【品赏】

填写赠词，最要紧处必在抓住主人公之个性特点，让熟悉其人的读者一眼看过就知道，写得真实可信而不是敷衍之作。

一拂烟云者，安徽六安人也，也是作者的一位朋友。多年的军营生活锻炼了她的性格，却没有泯灭她女儿家的文采情思。她写的微诗也是含义隽永，颇得其趣的。这样的一位友人，一日童心忽起，让这首词的作者替她的一张照片题诗。照片中的一拂烟云仪态清雅，手拈花枝，醉在了花香鸟语里。

作者首先就抓住了一拂烟云的军营历程以及女儿家的仪容身材凸显出来的强烈对比，应该说，这个点抢得不错。正因为对比强烈，才有吸引人看下去的魅力。"曼妙似宜歌舞，英姿偏在军营"，一个对偶句彰显了一拂烟云的人生历程。身材曼妙，似乎很适合去从事歌舞艺术，却没想到，偏偏在绿色军营摸爬滚打，展现自己的飒爽英姿。这里，一个"似"字，一个"偏"字，用得恰到好处，生动传神，让读者深刻地体味到一拂烟云虽然曼妙多姿，却有一股身在军营的豪迈之气。接下来就要扣题而写了，"一颦一笑唤芳卿，闲拈春花不应"，准确勾勒了题照之作的主题。照片上的一拂烟云娴静清雅，好像可以听到作者的呼

①淠水：流经安徽六安城的河流。
②微诗：诗歌体裁之一种，一般数行以内的小诗，特点是语句短少、修辞精到、内容深刻、意境深远。

唤，却拈花微笑，久久不作回应。该词上半片风格清新灵动，自有一番韵致。

下片起句更是紧扣一拂烟云的个性特点，"倩影曾经渒水，微诗横溢才情"。渒水，是流经六安城的河流，曾经多少次映照过一拂烟云的靓丽身影，而她所写的微诗，又是多么的才华横溢！这样的好友应该是要去拜望的，于是在那年车行六安城的时候，作者本打算见见她的，但最终却失之交臂，错过了见面畅谈的机会。好在，人虽没见着，却明显可以感受到一个朋友的直率善良的本心。既然如此，见与不见，一拂烟云都在六安城，泡一壶热茶，等着作者的再次光临。

《人间词话》云："词之雅郑，在神不在貌。"也就是说，诗词的优劣，在于它的内涵与神采，而不在于外在的表象。这首《西江月》用词精准，将一拂烟云的形象刻画得跃然纸上，可谓得之矣。

【临风醉墨】

五律　赠一拂烟云

平生多剑气，曾唱凯歌行。
星落秋霜重，戈横战马鸣，
乾坤君可醉，岁月自含情。
天际犹回盼，沙场再点兵！

【品赏】

　　这首五律是作者赠给好友一拂烟云的第二首诗。若参见前文，我们可以看到这首诗的用心之处。

　　因为一拂烟云是作者的诗友，文采斐然，而且是为数不多的曾经投身军营的朋友，可谓文武兼擅者，所以这一篇诗章依然抓住她的个性特征来描绘。

　　首先就明确点出了烟云"平生多剑气"的个人气质，说明她的青春年华是在绿色军营之中度过的。"凯歌行"代指军营生活。在军营中摸爬滚打，磨炼了她的性格，锻造了她的阳刚英武之气，让一拂烟云不仅文采斐然，而且更多了一份军人风范。

　　颔联是以想象之笔，以两个特写镜头一般的画面描绘出军营生活的各个侧面。"星落秋霜重，戈横战马鸣"，由"星落"可知，这是在秋日的清晨。他们枕戈待旦，战马一声嘶鸣，划破长空万里。拉练在外，霜气寒重，但却掩盖不了军人们火一样的青春活力。这一句对仗工整，有静景，有动态，通过一个特定的场景反映出一拂烟云军营生活的多彩多姿。

　　而颈联"乾坤君可醉，岁月自含情"的抒情最为优美，最为畅达人意。投身军营，转眼数载有余，自然是为了保卫家国。看着美好的山河，不觉沉醉其中，迸发诗情。这里得点出一句，"乾坤君可醉"也暗含着一拂烟云自己所写的一首诗《吾当独醉》。由此可见，作者乃有心之人，这首诗也确实是换一人相赠则不相称也。

尾联回到现实中来，有的时候一拂烟云依然会想起自己在军营的生活。回首以往，不禁五味杂陈，心里还在想着青春年少之时的光荣梦想，以及盼望着"沙场再点兵"，召唤自己重回军营，开始新的征程！

这首诗，文丰笔健，章法有序，充满生机活力，与前一首赠送一拂烟云的《西江月》之清丽洒脱的风格明显不同，然朋友之真挚情谊，则如一也。

【临风醉墨】

调笑令　赠阿黛　二首

其一

阿黛，阿黛，

诗写人间百态。

天光月影无边，

青春依旧少年。

年少，年少，

一抹低眉浅笑。

其二

秋水，秋水。

春意奔来眼底。

沉迷光影纵横，

心如风淡月明。

明月，明月，

映得情怀清澈。

【品赏】

　　这两首《调笑令》，是作者赠送给好友阿黛的。阿黛在网络上还有一个名字叫做"秋水"，于是，作者就以这两个名字为主线，写下两首词，赠与这位沉迷于文字和摄影的朋友。虽曰"调笑令"，却毫无调笑之意，满溢着朋友真情。

第一首，起笔就说阿黛是一个能诗擅文的女子，在她的诗章里，包含了人间万象，世间百态。都说爱好文字的女子，腹有诗书气自华，文字，就是她们最美好的装扮。所以，让作者怀想起很多年前，和阿黛刚刚认识的那些充满青春活力的少年岁月。那个时候，阿黛给作者的印象是"一抹低眉浅笑"，可见阿黛的心性。这首词意在刻画阿黛的诗文修养以及与作者的交往。细读之，字句虽清浅，但朋友之情谊厚矣。

第二首，着重描画了阿黛爱好摄影，沉迷在光影艺术之中的执着。"春意奔来眼底。沉迷光影纵横，心如风淡月明"，前一句的"春意"与她的名字"秋水"对应，其实是代指，并不一定就是单指美好的春景，春夏秋冬、男女老少、世间百态都可以在沉迷光影艺术的阿黛的镜头下展露美好的一面。阿黛自己呢，既是一个心如清风朗月、情怀明澈的人，也是善于发现美好、欣赏美好的人。有这样的朋友，对作者来说，不也是一件幸事么。

总体来看，第一首由现在引入回忆，主要刻画阿黛爱好诗文的情状；第二首直笔描绘阿黛沉醉于摄影和光影纵横之中，是如今之情态。脉络分明，各有重点。

水龙吟　赠狗尾草

案头一卷诗书，岂能埋没男儿气。云烟盈纸，当年爱恨，欢颜清泪。字里行间，情浓墨饱，纵横游戏。漫人间留得，阳春白雪，空回首，何人继。

遥想镜轩门第，见萧萧、梧桐憔悴。潇洒依然，书家风骨，诗人风味。独倚窗前，一轮明月，人生如寄。且临风一笑，逍遥剑舞，为兄台醉。

【品赏】

关于友情，王勃对杜少府说"海内存知己，天涯若比邻"；李白对汪伦叹"桃花潭水深千尺，不及汪伦送我情"；王维对元二言道"劝君更尽一杯酒，西出阳关无故人"。这些，都是一份彼此懂得的相知。

这首词的作者和受赠者狗尾草，他俩从文字里相识，在文字中相伴，彼此相知，至今已二十余载了，真是难能可贵。这首词，是他们寄赠唱和的一个温馨见证。

上片起句"案头一卷诗书，岂能埋没男儿气"，为作者与友共勉读书之意。他们俩是书生，又生在太平盛世，做不了像刘关张那样惊天动地、出生入死的大事，但好男儿志在四方，他们年少时苦读诗书，应有求取功成名就的向往。舞文弄墨，不会埋没好男儿的意气风发。"云烟盈纸，当年爱恨，欢颜清泪。字里行间，情浓墨饱，纵横游戏"，这两句则是对友人狗尾草的深入了解和赞叹了，可谓真正地懂得。狗尾草擅诗词和散文，为性情中人，才情横溢，又真诚坦荡，一切尽在他的文字中。作者是从文字里读懂他，他的人生成败、他的情感得失、他的才气性情，都在一首首来往的诗词和一篇篇相交的散文里。字里行间的那份真、那份洒脱，又为作者心中所喜、所惜、所赞。"漫人间留得，阳春白雪，空回首，何人继"，上片结句，感慨狗尾草的诗词文章意蕴风流，世间难得。这样的知己，在这世间谁人能及呢？"天下快意之事莫若友，快友之事莫若谈"，而谈之幸事莫若"阳春白雪"的雅，能与友这样激扬文字，袒露悲喜，可见相交之深厚。

"遥想镜轩门第，见萧萧、梧桐憔悴"，下片首句进一步怀想他们曾经相聚的场所。"镜轩"可谓狗尾草青少年时结交文友知己的草庐了。那时，镜轩虽陋，但为狗尾草独立的书房，他与作者及另外几位单身好友，经常相聚于此，吟诗品茶，对弈三局。而今，各自成家后，有了新的住所，很难再有相聚镜轩那样的快意自由了。所以，作者怀念之余，不由得感叹说镜轩门前的梧桐憔悴。虽然梧桐憔悴，人也少了许多自由，但是这位友人却还能保持这一份风度，即"潇洒依然，书家风骨，诗人风味"，这就不能不让人敬佩了！"独倚窗前，一轮明月，人生如寄"，此句既进一步写狗尾草不为世俗淹没，心如明月，依旧保持诗人洒脱的本真，又感慨时光飞逝，感怀那段青葱的岁月，感念兄弟的手足之情。结句"且临风一笑，逍遥剑舞，为兄台醉"，意境疏旷放达。虽然时光远逝，我们都不再年轻，虽然我们肩负家庭重担，为生活羁绊，但只要有这样的朋友，还可以文字相交，沉醉潇洒，还可以经常相聚，悲喜从容。读至此，知己之情，尽显也。

这首词写得风流倜傥，洒脱不羁，既有对兄弟知己昔日相聚的感怀，又珍重情意，寄语深深，真可谓世间兄弟，文中知己。为他们的友情干杯！

【绿茶一盏】

临江仙　寄狗尾草

　　青鸟频传离别句，窗前愁对秋风。飘零无处话萍踪，联床对语，赊得总成空。

　　望到月圆人影瘦，离情尽托征鸿。关山万里几时逢，吟诗评曲，都在梦魂中。

【品赏】

　　这首词是作者少年时期所写。当年作者与朋友狗尾草分隔两地，却时常通信以报平安，而且都喜欢诗词歌赋，在书信之中，附上一两首诗词相互评点探讨，也是常有的事。正因为如此，这首词全篇充满着世间兄弟、文中知己的情谊。

　　起笔便向读者描述了这首词的主旨，乃是寄别之作，而且是"青鸟频传"，可见弟兄之情。人在红尘，无论是友情还是爱情，能有几人真的能到达你的内心呢？从这首词中可以看出，狗尾草肯定是作者这么多年来以心相交的朋友。想当年，作者常常去他的小屋联床对语，那是何等的快意。如今两人相别，作者不禁回想起这样充满真挚友情的画面，只是人已不在身边，万里相隔了。

　　下片更是将这份兄弟情谊写到极致。青春少年，渴望被人了解，被人懂得，所以，有狗尾草这样一位挚友，真是幸运。"望到月圆人影瘦"这一句在夸张、对比手法的运用下，将词中的思念朋友的感情生动地描述出来，而且不造作不矫情，显得真实可信，质朴动人。但毕竟朋友远在万里，何时再能相见，再像以前那样谈诗论文，畅谈古今？现在，这样的情形，只能够出现在梦境里了。

　　诗词贵有真情，这一点是不容置疑的。这首词情真意切，读之令人动容。正如王国维在《人间词话》里所说："境非独谓景物也。喜怒哀乐，亦人心中之一境界。故能写真景物，真感情者，谓之有境界。否则谓之无境界。"

狗尾草读到这首词以后，回信给作者说："慕君高义，不知还有几人"。作者于二十多年以后，依然为往事所感动，另外给狗尾草写了一副对联，联云："青灯有味，联床夜语，秃笔生花频入梦，豪情跌宕成知己；天籁无边，眠雨听风，文思如泉可洗心，诗意往来好弟兄"，正是此词的最佳注脚。

【临风醉墨】

七律　赠风景旧曾谙

依稀风景似江南，梦里家园更熟谙。

人至碑林心散淡，烟笼灞柳鸟呢喃。

风生渭水诗依在，叶落长安雁正还。

昔日繁华成过往，故都儿女著先鞭！

【品赏】

　　这首诗是作者赠给远在西安的朋友"风景旧曾谙"的。

　　作者的写法首先紧扣西安风土人文，再自然嵌入朋友之名，让读者觉得，这首诗只能赠给"风景旧曾谙"，另换一人则不可。此处可见乃用心之作。

　　在每一个游子的心里，家乡的风景都是既陌生又熟悉的。陌生，是因为如今的变化日新月异；熟悉，是因为家乡承载了儿时的梦境。所以，在这首七律的开篇两句就用了这样的对比抒情："依稀风景"和"梦里家园"，前者已经有所变化，不似旧时模样，让人目不暇接，而在人们的印象里、梦境中，儿时的家园才更是温暖的、熟悉的。在古城西安，让人难以忘怀的地方很多，比如魁星楼下的碑林，作为一个书法宝库，人们在此熏陶着浓浓墨香，心里也会淡泊安宁；在灞桥春鸟呢喃声中，柳絮轻扬，好像飞雪联翩，显示了春天的勃勃生机。在西安这座文化氛围浓厚的古城，人们会想起很多名家名诗，写下"秋风生渭水，落叶满长安"的诗人贾岛就是其中之一。无论时间怎么推移，长安城依旧文采风流，即使骚人已去，但诗意长存。这里着重描述了古城西安的人文风貌，紧扣"风景旧曾谙"是一个西安女子的题旨。

　　可是作者意犹未尽，在尾联充满希冀和热情地续上了一句"昔日繁华成过往，故都儿女著先鞭"，颇有鼓励这位友人在人生的道路上继

065

续向前的意味。

　　这首诗质朴无华，有对比抒情，有怀古之思，有希冀寄语，别具一格。

【临风醉墨】

第三辑

天风万里少年游

满庭芳　春

　　绿洒芳郊，红飞碧树，陌上满目花燃。檐前屋后，燕子携春还。随意东西南北，风拂面，喜上眉弯。山初醒，轻揉睡眼，一笑两相看。

　　花开花自落，年来岁去，春色依然。莫空惜光阴，泪溅春残。且把高情逸致，都付与，碧水苍烟。逍遥处，临风醉墨，漫泛武陵船。

【品赏】

　　春天是色彩缤纷的季节，是烂漫自由的季节，更是欢乐美好的季节。春风和暖，万物复苏，此起彼伏，争相赶赴一场春天的盛宴。但好花不常开，好景不常在，春天很快会成为过去。古往今来，诗人墨客们游春、赏春、咏春，也赞春、惜春、叹春。关于春天的诗词，可谓琳琅满目，风格迥异。

　　这首词上片写景，优美清新，灵动活泼；下片抒情，感怀惜春，清雅高逸。

　　上片起句从视觉来描绘春天颜色之美，色彩明丽，赏心悦目。三个动词"洒""飞""燃"，用得非常形象生动。"洒"字活现春天的郊外绿色之广、之多，铺天盖地，如画家将手中的颜料挥洒出去一般；"飞"字细腻再现绿树枝头红花绽放的轻灵；"燃"字则进一步形容陌上花开之繁盛旖旎，烂漫无比，就像一簇簇明艳的火要燃烧起来一样。光彩夺目处，和白居易的"日出江花红胜火，春来江水绿如蓝"有异曲同工之妙！同时，"绿洒芳郊，红飞碧树"这里运用倒装手法，既让表明春意盎然的两个字"绿"和"红"被强调而夺人眼球，又让词句于对仗中灵动诗意。起句是写陌上远景，以静雅之笔墨描绘春色。

"檐前屋后，燕子携春还。随意东西南北，风拂面，喜上眉弯"写眼前近景，从听觉和触觉来动态描摹春声、春喜。春光如此明媚，燕子自然也按捺不住，房前屋后，叽叽喳喳，飞来飞去，像是要把陌上的春天也"携"带回家。这里用拟人手法写燕子，一个"携"字，亲切活泼。春风和煦，如温柔的小手拂面亲暖。燕子飞得自由自在，人也走得轻松随意。这样的日子，想不快乐都难，自然是"喜上眉弯"，笑出心底。"山初醒，轻揉睡眼，一笑两相看"，再次由近及远，把春天的特写镜头对向了远处的青山，也采用拟人手法，再现春之慵懒和悠然，也写人与青山心灵相通，自然和谐。上片写景，笔法细腻生动，一幅明媚清新的春光图呼之欲出，让人有身临其境之感。

　　下片起句"花开花自落，年来岁去，春色依然"，写得自然沉静，感春但不伤春。"莫空惜光阴，泪溅春残"是写惜春。春光易老，再美的花，也要落去，所以李白说"行乐须及春"，东坡云"诗酒趁年华"，杜秋娘也劝"花开堪折直须折，莫待无花空折枝"。作者这里也直言相告不要"空惜光阴"，等到花落春残，才落泪遗憾，悔之晚矣。那究竟该要怎么样惜春呢？"且把高情逸致，都付与，碧水苍烟。逍遥处，临风醉墨，漫泛武陵船"，作者很快给出了答案。寄情山水，心印自然，拥抱春天，活在当下，是最真切的惜春方式。"都付与，碧水苍烟"，天地人合为一体，词境阔大，意气风发。结句"逍遥处，临风醉墨，漫泛武陵船"，则暗用陶渊明的《桃花源记》之典故，写徜徉春天的自由畅意。每个人眼中都有一个美好的春天，每个人心中都有一片幸福的桃花源。只是，我们要懂得好好珍惜，且惜且藏。"临风醉墨"语用双关，既写作者临风写意，题写春天，沉浸在文字的墨香里，也沉醉在自由的春光中，又暗合他的网名"临风醉墨"，妙哉！下片抒情，感春、惜春、乐春、享春，一气呵成，诗情清雅，格调高逸。

　　综观全词，写景抒情，景色优美灵动，情思飞扬飘逸，笔法洒脱自然，将读者于不知不觉中领入一个自由美好的春天。心归自然，人在画图，怡然自得。

【绿茶一盏】

调笑令　春景　二首

其一

闲走，闲走，

拂面柔风如手。

谁家女子心思，

河边轻抚柳丝。

丝柳，丝柳，

遮掩情郎远候。

其二

溪水，溪水，

脉脉清波十里。

茂林深处人归，

垂杨影外鸟啼，

啼鸟，啼鸟，

唤得花开春早。

【品赏】

　　这两首《调笑令》，写春景，言春情，风流轻巧，清新明丽，画面感强。

　　第一首写女子与情郎河边相会。"闲走，闲走，拂面柔风如手"，将春风比作少女的纤纤玉手，形象生动，起笔即赋柔情。接着写女子俏立河边垂柳旁，看见远远等候的情郎，却娇羞无比，不愿再向前走近，只低头抚弄柳枝，等待情郎前来。以婀娜多姿的垂柳比兴，既写柳丝纤巧风流，也描绘了女子体态轻盈妩媚，借柳丝纤纤，碧柳翠帘如画，遮掩情人相会，写出了春情旖旎，柔情翩翩。可谓字浅言深。

第二首写女子与情郎溪畔相会而归。采用纯白描手法，寓情于景，明朗欢快。起句以溪水设比，情意脉脉，婉转清澈。垂杨深处，情人幸福相会，归时意犹未尽，闻得鸟鸣，更是春情荡漾，心花开满。"垂杨影外鸟啼，啼鸟，啼鸟，唤得花开春早"，用拟人手法写啼鸟鸣春，唤花早开，既新巧活泼，又形象表达了恋人的欢喜心理。

【绿茶一盏】

第三辑 天风万里少年游

七绝　春郊闲走

燕子斜飞柳叶黄，于无人处野花香。
春郊闲走优游甚，独坐田畴对夕阳。

【品赏】

　　这首诗是作者在春日傍晚，漫步在充满生机活力的乡野田间，感知着春天的美好而写下的。

　　燕子在柳枝间斜斜飞掠，柳梢上刚泛出鹅黄色的嫩叶。田间地头，野花烂漫盛开，清香四散，不因无人而不芳。作者流连于春光中，不紧不慢地走着、欣赏着，沉醉在夕阳美景中不愿归去。这里真切而深刻地表达了作者对乡村生活的熟悉，以及心态的宁静安然。不但生动刻画了春日郊外的秀美风光，也映衬出作者纯朴而洒脱的心性。这是本篇最有个人特色的地方。

　　就诗句而言，质朴明快，不作矫情之语。在平淡中见深情，在纯澈中见真挚。"于无人处野花香""独坐田畴对夕阳"两句表达了作者不随波逐流，敢于追求真我的执着个性。诗味散淡，含义隽永。

【风景旧曾谙】

贺新郎　忘尘谷

　　偶到忘尘谷。晨光里、林下听泉，岩前听瀑。云深难锁春消息，自是山花浓馥。漫引得、蜂蝶相逐。松竹连天层林秀，散衣襟，涤荡心无俗。欲在此，结茅屋。

　　山居自古无华服。笑看那、天外烟云，人间草木。兴到何妨呼旧友，对坐手谈三局。更沉吟、墨溅尺幅。清泉煮酒尽余欢，醉归来，扑面花簌簌。得此地，心意足。

【品赏】

　　这首词所吟咏的"忘尘谷"，乃作者与文朋诗友在网络上举办诗会时的虚拟之地，意在可忘却尘世之扰，得安然恬静之乐也。作者诗思勃发，将"忘尘谷"作为一处静谧安然的山居景色加以引申。

　　起笔"偶到忘尘谷"，这个"偶"字可谓大有深意。可以说是随意闲走，偶然来到忘尘谷而不自知也；也可以是偶起闲情，访得忘尘谷，心中不胜欣喜。既可以在苍翠葱郁的树林下徘徊，用心倾听叮咚如琴的泉水从山涧潺潺流过，更能够在高大巍峨的山岩前感受瀑布飞流直下、奔涌向前的气势。从句式论，"林下"与"岩前"两个方位词组并列，表明了作者山中寻幽探胜的踪迹。接着，作者的笔触更加深入了，如同他深入到这个"忘尘谷"，去领略他眼中的好风景。

　　山高云深，也难以遮掩春天花开烂漫的美。一簇簇的山花肆意地开放着，无拘无束地展露着自己的美好。浓馥的花香引得蜂蝶翩翩而来，双双相逐，欣然起舞，充满了春日的生机。"松竹连天层林秀，散衣襟，涤荡心无俗。欲在此，结茅屋"，作者徘徊在松竹连天的忘尘谷中，清风徐来，将自己心里的俗世纷扰涤荡一空，都想在这里搭个茅屋住下了。

这首词的上片，看似只是信笔写景，却意蕴丰厚，表达了作者对大自然的热爱，对尘世纷扰的无奈，以及渴望有一个安然恬静的生活状态的由衷情怀。

下片的内容更加展示了作者诗笔的无限想象力，着意描绘了在忘尘谷中的山居生活。首先就来了一句总结，那些身穿华丽衣服的达官贵人从来就不是乐意山居的，只有性情安然、心境纯澈的人才能在此与大自然为伍，安享山景之乐。有闲情的时候，可以仰观天外云卷云舒，也可以笑看人间草木在春风细雨中滋生成长。要是来了雅兴，不妨召唤几个与自己情投意合的老朋友，棋行三局。当然，沉吟之间，泼墨挥毫，也是一件韵事。更何况，酒逢知己千杯少，清泉煮酒，醉舞当歌，歪歪倒倒归来的时候，山花簌簌扑面，即使已然醉不可知，这种身心欢畅的感受，不也是很好的么。然而作者毕竟也清醒的知道，尘世多烦忧，忘尘谷，只能作为一种美好的向往，留存在自己的心里。所以，最后不禁发一感叹，假如真的有这样的地方，该有多好啊！

这里要着重指出，这首词是作者唯一的一首意到笔到，完全未拘平仄格律的作品，只是顺意写去，满腔的诗意情怀任从笔端流泻，将作者明朗纯澈的内心世界展现出来。可喜的是，写的虽为虚拟之地，却情景交融，境界自出。既有偶得此地之喜悦，更有世间难寻之感叹，情感饱满，思绪飞扬，可谓人间无忘尘谷，笔下有忘尘谷，心中存忘尘谷矣。笔法汪洋恣肆，如流水自在，不滞于物，如清风荡漾，不滞于形。随遇而安，自得风神潇洒之致。

【燕剪春风】

卜算子　舟行江南

　　几处旧池台，一曲桃花水。岸柳多情系客舟，衣袂风
吹起。

　　咿哑橹声闲，春已归来未？啼鸟穿花不避人，人在行
云里。

【品赏】

　　江南水乡，莺飞草长的季节，撑一支碧绿的竹篙，乘一叶小舟顺水而来，那是怎样的惬意啊。为了这份难得的惬意，作者来到了江南，来到了江南水之湄，行吟于桃花水畔，将自己遮掩于柳帘之中。

　　对于江南景色，古诗词中描述甚多。韦庄说："更把玉鞭云外指，断肠春色在江南"，说的是江南的动人春色；孟浩然云："江南佳丽地，山水旧难名"，眼光则放在江南山水了；东坡曰："细看造物初无物，春到江南花自开"，描绘的是已经春花烂漫的旖旎风光了。当然，最著名的还是白居易的那首《忆江南》，"日出江花红胜火，春来江水绿如蓝"，活画出江南春景的花开绚丽，江水澄澈明净。

　　有这么多难以超越的名家名句在前，作者笔下的江南又该是怎样的呢？

　　首句"旧池台"三个字，用得极其准确。水乡的亭台楼阁，粉墙黛瓦，是那样的古朴沧桑，与万丈红尘中的你我一样，一年又一年地经历着人世间的风霜，不禁让人驻足流连，心生感慨。"桃花水"三个字，则说明是流淌在春天里的一泓碧水也。居住在江南的人家，门前的一湾春水，岸边多情的烟柳，让乘兴而来的作者诗意涌动，情思更比柳丝长。

　　"岸柳多情系客舟，衣袂风吹起"，这是紧扣诗题"舟行江南"来

写的。作者乘着小船行于江南水乡，清风阵阵扑面而来，真是一种难得的享受。当然对于岸柳来说，"多情系客舟"是一种拟人的手法，清新流畅，十分自然。

下片开始工笔刻画诗意江南。作者在船上临风而立，极目远眺，欣赏着眼前的美景。"咿咿哑哑"摇橹的声音，因为自己的闲适情怀，听起来也觉得那样的悠然自在，此之谓人闲才能感受到橹声闲也。此时此刻，作者不禁从心底发出一声疑问，春天真的已经归来了么？其实，这是一个欣喜的也是难以相信的问句，更是一个有答案的问句，在文字的含蓄与心情的畅快中着意表达了作者踏青江南的喜悦感受。"啼鸟穿花不避人，人在行云里"，这一句色彩明丽，灵动优美，清新明快。一个"人"字前后衔接，连绵顶针，节奏感很强，生动刻画了江南春色，让人驻足流连。草木繁茂，啼鸟欢鸣，该是一幅多么生机勃勃的春景图？再者，啼鸟穿花，飞去飞来，为什么不避让行人呢？因为作者并不是行于地面，而是舟行江南，小舟荡漾在水面倒映的蓝天白云之上，所以说是"人在行云里"，这是一幅多么令人神往的画卷啊！

《论词随笔》云："词须情景双绘。词虽秾丽而乏趣味者，以其但知作情景两分语，不知作景中有情，情中有景语耳。"仔细品味，作者笔下的这首词淡远取神，流利畅达，情景交融，算得上是一首难得的好词。

【画船听雨】

好事近　人在江南

野水点轻鸥，窥破一池春色。行到密荫深处，探花开消息。

清潭涨绿小舟横，潺潺水流碧。驿路欲归无计，有柳丝牵客。

【品赏】

此词与前一首小词《卜算子·舟行江南》写于同时。

作者来到江南之地，山色葱茏，岸柳多情，触目之处，不禁心驰神往。春意盎然的景色深深触动了作者向往美好的心灵，在这样的情形下，不由得心有所动，诗意满怀。作者饱蘸浓墨，将眼里的如画风景诉诸文字，词境优美清雅。好个意趣横生的春游，静则绿意芬芳醉眼眸，动则流转轻灵生情思。一阕《好事近》，春意满江南！

"野水点轻鸥，窥破一池春色"，开篇即给读者展示了一个活泼动感的画面。一只鸥鸟扑愣愣地掠过水面，自远而近地映入作者的眼帘，仿佛这只鸥鸟偷窥到了草长莺飞的春色。可是在这里并没有用"掠"这个字，而是用了一个很见动感的"点"，由此可见诗词炼字的美感。上片不仅运用了拟人手法，还在语法上使用了倒装句式，其实应该是"轻鸥点野水"才对，但唯有倒装的句法，才使得这样的画面，有着一种强烈的立体感和冲击力，也显得更有诗意。

"行到密荫深处，探花开消息。清潭涨绿小舟横，潺潺水流碧"这几句分别在上片与下片，但是衔接清新自然，流畅无痕。花草繁茂，树荫如盖，清潭涨绿，小舟斜横，如此，怎能不让人情不自禁地叹一声"人人尽说江南好，游人只合江南老"？

这首词最为曼妙多姿之处，应该是很见想象力的结句。"驿路欲归无计，有柳丝牵客"，游兴已尽，本拟归去，却又不得不折返回程。为何？难道还有什么景色吸引着作者的眼光，牵扯着作者的脚步？还真有呢。因为那江南烟柳，迎风舞动着柳丝，如纤纤素手，牵绕挽留着游客，使人不得归去啊。这里依然运用了拟人手法，充满了想象，而且写得情景交融，寓无穷之意于言外也。

　　这首词篇幅不长，但作者却运用了各种修辞，拟人手法更是用得纯熟巧妙。词的字里行间清丽流畅，轻灵洒脱，如清水芙蓉，自有风致。

【画船听雨】

清平乐　富春江上

　　波平天远，舟系斜阳缆。啼鸟穿花生意满，正是春情无限。

　　岸边烟笼垂杨，江南神韵悠长。眼底风光如画，心头不尽思量。

【品赏】

　　薄暮时分，雨后天晴，夕阳斜照在富春江上，给波平浪静的江面上涂上了一层暖暖的色调，作者漫步在江岸上，诗意盎然。

　　江面上一丝风也没有，但这样也是极好的。难道偏要风拂江柳才是美吗？这时候，人、斜阳、江岸、小舟、啼鸟、山花构成一幅绝美的江景图画，让人满怀温情地无尽欣赏。

　　上片致力于写景，春情旖旎无限，"如粲女试妆，不假珠翠而自然浓丽，不洗铅华而自然淡雅"。"舟系斜阳缆"，应是从稼轩词《水龙吟·过南剑双溪楼》中"问何人又卸，片帆沙岸，系斜阳缆"而来，但前缀一"舟"字，音节和缓从容，已非旧时激促音韵。作者一向喜欢稼轩词章，并善于借用如同己出，也是可喜。闭目想象，似见一幅剪影照。

　　下片起句乃一江南水乡的典型景致，蒙蒙烟雨笼垂杨。江南乃水乡之国，作者不仅看到了波平如镜的富春江，还看到了烟雨江南的独特神韵。结句"眼底风光如画，心头不尽思量"，余音袅袅，使人忍不住想问，心头不尽思量的是什么？是钟爱江南秀色？是想到了"仁者爱山，智者乐水"？还是想到了哪位心仪之人？这里没有答案，也不需要有答案，就让读者自己去品味揣摩这首词的韵味吧。

　　《蕙风词话》云："善言情者，但写景而情在其中"，如此才会有着让人无限遐想的空间。这首词，真可谓意蕴深长矣。

【画船听雨】

七绝　江南归来

春上江南杨柳枝，宜晴宜雨踏青时。
归来检点凭谁问，一肩行囊几首诗。

【品赏】

江南，在国人的心中，是那样的灵秀多情，让人驻足流连，难以忘怀。在历代诗人的笔下，更是承载着诗情画意，满溢着乡愁离恨。在他们的眼里，江南，是那么的温润温馨，一如他们流转多姿的内心世界。

这首七绝，风格散淡冲和，如一个素面朝天的山野村姑，却也不失颜色。

严羽在《沧浪诗话》里谈及诗歌的风格，"其大概有二，曰优游不迫，曰沉着痛快。""沉着痛快"，本意来自书法。南朝宋羊欣《采古来能书人名》云："吴人皇象能草，世称沉着痛快"，说的是皇象善草书，字字有骨力。后来转用至文学评价，用来说明诗词文字具有一定的感染力和张力，往往能产生情感流泻、痛快淋漓之感。而"优游不迫"，乃是从容舒缓，不急不迫，含蓄不露之意。作者的这首小诗，意态从容，音节舒缓，正是优游不迫的风格。

"春上江南杨柳枝，宜晴宜雨踏青时"，起句运用了拟人化手法，将春天比喻为与人间有约且如约而至的春姑娘，挥一挥衣袖，让春风轻拂着初吐嫩芽的柳枝，带来了宜晴宜雨、无限美好的春情春景。这里也着意表明了这是江南杨柳，从而明确点题。这个拟人化的手法，清新灵动，正如烟雨之中的江南。

江南这个满含灵秀之气的地方，在作者的眼里到底会是怎么样的呢？他并没有特意加以刻画，正所谓含蕴不露也。但并不是说，从这首诗里我们看不出作者眼中心上对于江南的感情。"归来检点凭谁问，一肩行囊几首诗"，人在江南，正是踏青的好时候，离开江南，倘若有人问及旅程中的收获，不妨微笑着对他们说，最大的收获就是写了几首反映江南景色的小诗。从这里也可以看出，作者对于江南风致的喜爱。依依杨柳是江南景色的意象，"宜晴宜雨"更是江南气候的典型特征，很容易联想到眼底江南的山清水秀，杨柳春风。后两句写友人问踏春收获，作者诗情涌动，"一肩行囊几首诗"，可谓回答得含蓄委婉。虽"肩"字平仄不协，然王夫之在《姜斋诗话》里说："非此字不足以尽此意，则不避其险"，故未再拘泥也。

纵观全诗，语句清新，意境含蓄典雅。结句乃一设问，且自问自答，可谓是全诗的诗眼，从而意在言外，余味悠长。

【画船听雨】

第三辑　天风万里少年游

南歌子　乡下，闲听春雨

　　溅玉檐前舞，飞珠瓦上鸣。闲听滴答似瑶筝。更有林中雏鸟，两三声。

　　雨洗乾坤净，春来草木生。柳芽初吐嫩盈盈。且待踏青时节，踏歌行。

【品赏】

　　俗话说，"春雨贵于油"。在这个初春的季节里，果然来了一场雨。雨滴晶莹剔透，在檐前屋后飞溅着，屋顶的瓦片上，似雨点在欢唱。

　　开篇的对偶句，凝练传神，准确描摹了乡居生活的特点，也暗自与这首词的题目丝丝入扣，可谓不言乡居而乡居生活自在吧。

　　勤劳的人们在这样的雨天，都悠闲地待在家中，于是整个村庄便伫立在了寂静里。作者于这样春雨纷飞的天气里，感受着农村别样的滋味，可以听到雨滴敲打屋顶瓦片的声响，"叮叮当当""窸窸窣窣"，像玉筝奏出来的天籁之音，何况还有幽深的树林里的小鸟的啾啾欢鸣。静静地听着，不觉醉在其中。

　　雨停下来了，推开窗户，放眼望去，空气是那么清新，世界被雨水冲洗得纤尘不染。一草一木在春风温柔的吹拂下，已经苏醒，开始萌芽生长。水岸边的柳树在微风里轻轻摇曳着，初吐的柳芽是那样的娇嫩。相信，经过了这场雨，草木的绿意会更浓。清明眼看就到了，再等等吧，等到那个时节，亲近大自然，放飞自己，在踏青时节踏歌而行，该是怎么样的享受啊。

【狗尾草】

七律　春过赤阑桥

杨柳迎风舞楚腰，春波绿映赤阑桥。
红颜一曲征帆尽，白石千年客梦遥。
过往行人今似昔，当年胜地暮还朝。
暗思天下小儿女，相守终身不寂寥。

【品赏】

南宋词人姜夔，自号白石道人。浪荡江湖时曾有一段时间寓居合肥，朴素的民风让他一生难忘，但更让他刻骨铭心的是，当年于赤阑桥边结识柳氏姐妹二人，种得深深情缘，以至于分离多年，还留下了"我家曾住赤阑桥，邻里相过不寂寥""肥水东流不尽期，当初不合种相思"之句。赤阑桥也因为有幸留下了姜夔的足迹，充满着浓郁的人文气息。

"杨柳迎风舞楚腰，春波绿映赤阑桥"，首先以写景起笔，当年的西风门巷，如今的赤阑桥头，依然春波映绿，生机盎然。那迎风摆动的杨柳，莫非是腰肢纤细的柳氏姐妹，依然在此翩翩起舞？在这样的情形下，作者独行于赤阑桥上，很自然地想到了当年姐妹二人与姜夔在此结识、在此分离的往事，不禁抚今追昔，诗思翩然。

"红颜一曲征帆尽，白石千年客梦遥"，写得情思缠绵，愁思深长。一曲琵琶未尽，客舟已远，红颜已逝，词客难留。遥想当年，物是人非也！只留下姜夔千百年来流传的诗篇，见证着他们梦里的绵绵深情。然而，时光如滔滔江水东流不归，转眼之间，千百年的光阴过去了，白石早已走远，然情缘长存矣。此句对仗工整，尤其以"白石"对"红颜"，可谓浑然天成也。

如今，作者走在赤阑桥上，不免叹一声："过往行人今似昔，当年胜地暮还朝"。如今的合肥城依然民风淳朴，来往行人依然脚步匆匆，应该和当年白石在此行走之时也差不多吧？其实，对于白石而言，与其叹息浪迹江湖，当初不合种相思，还不如像普通的小儿女一样相守终身，共享天伦之乐，这样才能相依相伴，无寂寥孤独之感啊。

"作诗语意当有无穷之味，含不尽之意"，这首诗抚今追昔，意蕴深沉，有慨叹有升华，起承转合，创作技法纯熟。

【萍踪侠影】

浪淘沙　黄山行　三首

其一　飞来石

空有补天才，落在尘埃，一生襟抱未曾开。历尽沧桑千万载，冬去春来。

尘世几欢哀，何足道哉？上天入地好情怀。不思瑶池花似锦，共汝徘徊。

其二　猴子望太平

万古话东瀛，石破天惊。钢浇铁铸闹龙庭。雄杰何堪权贵使，头角峥嵘。

峰上望太平，不避阴晴。欺风傲雪性空灵。犹自凝眸何忍去，自是多情。

其三　梦笔生花

雨拭远山柔，望断云头。天风万里少年游。秃笔生花真一梦，梦也须留。

无处唤风流，力薄心收。此时不比昔时愁。好句常邀朋辈赏，更有何求。

【品赏】

黄山，原名黟山，在安徽省黄山市境内。素有"泰岱之雄伟、华山之险峻、衡岳之烟云、匡庐之飞瀑、雁荡之巧石、峨嵋之清秀"之称，被世人誉为"天下第一奇山"。古往今来，骚人墨客来到黄山，观景吟怀，或感慨，或赞叹，因而黄山诗词，佳作频传，目不暇接。

作者曾登黄山，以黄山三个著名的景点"飞来石""猴子望太平""梦笔生花"为题，写下这三首《浪淘沙》。全篇寄情于景，感悟其中，既有托物言志的年少轻狂，又有情怀济世的洒脱不羁，读来颇觉酣畅。

第一首《飞来石》起句"空有补天才，落在尘埃，一生襟抱未曾开"，写黄山飞来石的由来。飞来石位于光明顶西北方，相距近1公里，上尖下圆，形似一颗巨桃，世人称其为"仙桃石"或"仙桃峰"，海拔1730米。相传此石为女娲补天所遗留两石之一，后来飞落黄山化为奇石。其实，这是黄山岩体风化所成，是大自然的妙手恩赐，作者这里采用拟人手法，赋予了飞来石独特的情感和命运。接着他写"历尽沧桑千万载，冬去春来"，使人想起《红楼梦》顽石幻相的故事，看尽世间悲喜，历尽人生沧桑，才悟得生命真谛，所以作者由衷而叹"尘世几欢哀，何足道哉"。既然不能补天，未在天上好好施展自己的才华，但入地可得此间好景终年，也不失一种"好情怀"，就不必再想着回到繁花似锦的玉宇瑶池，且安住人间，与欣赏自己的朋友且行且惜，做个真正的心灵知己吧。作者结句似是劝慰飞来石，其实也是自我疏解，若能与好友诗文来往唱和，也是赏心乐事呢。此词即景抒情，先抑后扬，虚实得当，胸怀旷达、高远！上片以叹惋之笔写尽沧桑，空有一身抱负无处施展。语句低沉，人见生怜。下片抒情，语气由低沉转为洒脱。"尘世几欢哀，何足道哉"一股豪迈之气，"不思瑶池花似锦"又是一种修身养性、不慕浮华的流露！

第二首《猴子望太平》，不是根据"猴子观海"景点的传说来写，而是别出心裁，以《西游记》的石猴孙悟空展开想象，写得生动活泼，情趣盎然。上片起句"万古话东瀛，石破天惊"，先自然引出石猴神奇的出生，然后写悟空大闹天宫，不畏权贵，铁骨铮铮，敢于追求自由。"钢浇铁铸闹龙庭。雄杰何堪权贵使，头角峥嵘"，表达孙悟空的英雄气概，豪情万丈，恰如少年意气风发，彰显自我个性。但正当我们和大圣一起神游龙庭时，下片作者却又转笔写柔情，回到眼前实景，让这位石猴不仅有侠义果敢的英雄一面，还有鲜为人知的情深义重的另一面。"峰上望太平，不避阴晴。欺风傲雪性空灵。犹自凝眸何忍去，自是多情"，瞧这石猴多痴情执着呀！不爱天宫之美，却为黄山风景所醉，不管风雨阴晴，也不问霜雪雷电，经年就这么守望在这里。这是对自己人生理想的坚定追求，还是对自己心仪之人的倾情相待呢？且由读者去想吧。

第三首《梦笔生花》，则将作者黄山行的真情实感更深地融入词中。试想很多年前，一位十五岁的少年，在某个微雨时分，攀上黄山，到达山顶，看云起云收，只觉得天风万里，踌躇满志。所以作者起笔写到"雨拭远山柔，望断云头。天风万里少年游"。可当他兴致勃勃地来到黄山北海梦笔生花的景点，站在山间，看一孤立石峰，形同向天而立的毛笔，并在峰顶巧生奇松如花，想起人们历来对此峰的美好寄托，又想到自己在文学之路上苦苦求索，不禁自嘲起来："秃笔生花真一梦"。虽然笔下生花对作者来说，是一个遥不可及的文学梦，但是作者并不悲观，紧接着说"梦也须留"。那为何又叹"无处唤风流，力薄心收"？此正是他内省自身呢，在理想和现实之间，他有了清晰的感悟，若有三五知己唱和，彼此欣赏，徜徉文山诗海，不也是人生美事？所以他不忧愁，却道"好句常邀朋辈赏，更有何求"！这首词结句疏放豁达，快意淋漓，似有太白之风。

这三首《浪淘沙 黄山行》，描景咏物，手法别致自然，借景抒情，意气飞扬。这组词语言风格相当独特，能紧紧抓住事物特征，惟妙惟肖的刻画内在精髓，继而融进作者思想感情，寄托高尚情操。喜欢这种语言风格，掷地有声且每首中都有妙句连连，并流露出对人生的理性乐观的真切感悟，让读者深受感染，读来令人振奋！

【绿茶一盏】

087

七绝　镇江金山寺① 二首

其一

斑驳苔痕上石阶，登高一望妙高台②。
堪怜江左③佳山水，已入归途又转来。

其二

尘洒征衣客路长，七峰亭④上好风光。
葱茏山色春波绿，人在江南不望乡。

【品赏】

　　这两首七绝，在整体上，就表现的情感而言，具有浑然大气、气势磅礴之感。其一，吟咏的是宋代豪放派代表人物苏轼。仕途坎坷的东坡居士身处逆境，其志不减，豪迈中彰显浓郁的积极用世思想。其二，吟咏南宋爱国将领岳飞，虽有"笑谈渴饮匈奴血"的壮志豪情，却英雄

---

　　①金山寺：始建于东晋明帝时，坐落于镇江市西北长江南岸的金山上。布局依山就势，山与寺融为一体，为镇江名胜"三山"著名人文景观。《白蛇传》水漫金山、梁红玉擂鼓战金山、苏东坡妙高台赏月起舞等历史故事发生于此，金山遂为江南名山。

　　②妙高台：妙高峰平台上的妙高台，传为宋朝金山高僧佛印凿岩建造，其上有阁，登阁赏景，江涛滚滚，月色如画。当年苏东坡多次偕友人莅此赏月。元丰八年（公元1085年）中秋，东坡再次偕友游此，咏作于熙宁九年（公元1076年）密州（今山东诸城）任上写就千古名作《水调歌头》。

　　③江左：古时在地理上以东为左，江左也叫"江东"，指长江下游南岸地区。

　　④七峰亭：又名七峰阁，位于金山西侧的金鳌岭上。岳飞最终被召回临安，路过镇江，曾经拜访金山寺道月禅师。后人为纪念岳飞、道月，于此建阁，后改建为七峰亭。沈括、米芾、王安石曾在此留有墨宝。

无用武之地，终被奸臣所误成为历史悲剧。

就艺术表现手法而言，印象深刻的无疑是典故运用、对比与象征手法的使用。

斑驳苔痕、尘洒征衣，既是登临金山寺，目之所及的眼前实景，又体现出历史沧桑的印记，很好地配合着所选用的宋代苏轼、岳飞的典故，增加了历史的厚重感，具有思接今古的况味。耳际似乎回响起了东坡居士的浅吟低唱，眼前又浮现出了岳武穆驰骋疆场，保家卫国的雄姿。如果说悲叹苏轼仕途坎坷，兄弟不得团圆还是个人及家庭情感，那么岳飞将军精忠报国反为奸佞所害，则不能不令人扼腕，痛心疾首。视觉、听觉甚至触觉，远隔今古时空，在思维中交错交织着，在不同的时代引发着内质相同或类似的思索。

对比，则是苏轼眼中的景致之美与兄弟不得团圆的遗憾，进而感叹人生无常。七峰亭上的好风光，满眼葱茏的春绿山色，与临安风波亭前寒光逼人的屠刀的强烈对比，折射出爱国之士与奸臣的天壤之别。

"已入归途又转来"，面对美景，东坡居士流连忘返，不也象征着兄弟别离的不舍？"人在江南不望乡"岂不是象征岳武穆心中可能有的不甘？

089

诗词作品表现生活，重在透过表象，揭示表象背后的实质，引起人们的深思。这两首七绝，通过描写历史事实，回溯历史烟云，运用多种表现手法，抒发自己心中的感慨，非常类似于历史上曾经出现的咏史诗。读诗，会引致深刻的思索。

【柳韵荷姿】

行香子　游三河镇

　　小镇初游，思绪谁收。踏青来、蝶舞花羞。人闲心静，云淡风柔。赏城中河，河畔柳，柳边舟。

　　杨家宅院，将军陈迹。历遍了、多少春秋。水乡寻故，往事悠悠。访老街巷，古战地，旧城楼。

【品赏】

　　安徽省三河镇以水乡古镇为特色，不仅风景秀丽，在历史上也是名人荟萃之地。太平天国英王陈玉成曾经在此运筹帷幄，击毙湘军悍将李续宾，取得"三河大捷"，杨振宁等人的旧居也在这里，人文景观颇有可去之处。

　　时近清明之际，来到这样的小镇寻幽探古，自是兴致盎然。在作者眼里，春天的一切景象都是那么美好。一路走来，双双对对的蝴蝶在花丛中翩翩飞舞，惹得花儿更加娇艳欲滴，像是害羞的少女等待情郎一般。云儿淡淡，风儿轻柔，游人有闲情，心儿才能清净，才能更仔细欣赏身边的美景。这时，才非常自如地得出上片的结句，"赏城中河，河畔柳，柳边舟"。这一句除了运用顶针的修辞手法以外，我们也不妨认为，这是作者以摄影的角度，从近景到远景的生动描画，使眼底的古镇景色有了立体感，更加真实而生动。这里，作者通过自己的艺术通感，将眼前的春景用文字彰显得淋漓尽致。

　　下片开始进入实景描绘。杨振宁故居门口的一人巷、天王陈玉成的将军府，还有很多人文景点与名人故居，经历了多少年的风吹雨打，依然静静地伫立在这里。徜徉在水乡里的作者，在古镇的青石路上思索着，"访老街巷，古战地，旧城楼"，重温往昔的岁月。在这个古镇上曾经有过的人和事，就好比是一坛陈年老酒，芳香醇厚，愈品愈香。

《行香子》这个词牌，最美的地方就是上下片的结句，既可以并列描述，也可以层层推进，在句式上显得颇具张力。这首词写得质朴无华，却又清新流畅，正得益于此。

【千江帆过】

第三辑　天风万里少年游

菩萨蛮　巢湖,遇渔家荡舟捕鱼

扁舟一叶烟波里,水天相接歌声起。风静晚来初,岸边呼卖鱼。

质朴辛勤惯,名利闲中看。生计水为田,逍遥胜似仙。

【品赏】

　　人到中年,受到的各种羁绊很多。大者为名所累,为利起早;小者为自己的烟火人生作稻粱谋,即使周旋于事业家庭之间,也是费心神的事。此时的你我已然不是无忧无虑的孩童,难有自在欣然的心境了。但,虽曰难有,却并不是说不能寻找。只要善于发现身边美的存在,感知这个世界赋予我们的可以打动内心的一切美好,我们至少可以放松下心情,享受一下生活给予我们的温情与温馨。

　　这首词起句如画,一叶小舟于千里烟波的茫茫之中,从摄影角度可以感知到远景近景的相互映衬,在视觉上也充满了冲击力,让人印象深刻。另外,似乎也可以真切感受到舟子出众的水性,以及豪放不羁,用自己的歌声流露出自己平凡而不平庸的乐观生活态度。

　　傍晚时分,风平浪静,舟子划着小船,摇碎水面的夕阳,满载而归,却并不急着休息片刻,而是立于岸边,招呼着路人买鱼。但就是这样的叫卖声,也是不紧不慢,似有闲情。那是因为他们内心无牵无绊,不去想身外的纷纷扰扰之物,远离尘嚣,远离繁华和喧闹,一直保持着干净纯良的心灵,这是现代社会中多么难得的事情啊。

　　这首词素练质朴,笔法自然清新,余味悠悠。水天相接歌声起,闲散语;岸边呼卖鱼,质朴语;名利闲中看,散淡语;逍遥胜似仙,自在语矣!如此境界,令人顿起放下尘世烦扰,心存淡泊、安然之念。

【千江帆过】

七绝　姑苏行，友人问是否赋诗？戏答之

十月金风送爽时，

姑苏城下步迟迟。

眼前唯有秋波媚，

摇动心旌哪得诗。

【品赏】

"十月金风送爽时"，点出了作者姑苏之行的时间及天气。金秋十月，天气宜人，也道出了作者愉悦的心情。设想一下，苏州不仅风景秀丽，更是美女如云，又伴着这样的怡人天气，心情当然大好。"姑苏城下步迟迟"，既道出了作者此刻的闲适，又刻画出作者被这座城市所吸引，以至于缓步当车，慢慢欣赏。从前两句中，可以看出，作者的诗词用字准确，诗意明朗而又饶有余味、惹人遐思。

那么，不妨仔细琢磨，作者用"步迟迟"这三个字表达了什么情感呢？是为了什么而迷恋么？是雅静的小桥流水，还是精致的园林小景？或者是别的什么？看到转句"眼前唯有秋波媚"，读者方才恍然大悟：原来他是在欣赏秋波盈盈似传情愫的娇媚女子啊！

但恰在此时，一位好友在作者专注欣赏美女之时，偏偏问其有无赋诗！作者此时意乱神迷，手软骨酥，心旌摇动，有这雅致，也没这心思啊！但是虽说"哪得诗"，诗却已成，足见作者细腻的情感，愉悦的心情，敏捷的才智！

后两句准确扣题，回应了友人"姑苏行，有无赋诗"之问，回答巧妙，既点出了苏州之行的感受，又描述了自己的心情，乃点睛之笔，高潮所在。

【斜风细雨】

卜算子　赴葡萄园 二首

其一

黄犬卧田头，欲走心还怕。村女温柔唤入门，作势轻轻打。

翁媪鬓如霜，闲坐槐荫下。若问丰收笑更欢，遥指葡萄架。

其二

雨后果园行，醉了清新夏。忽听田间着意呼，玛瑙枝头挂！

人面似桃花，叫卖荫凉下。换得双亲片刻闲，促膝欢情洽。

【品赏】

田园诗，以描写田园自然风光和农村质朴生活为特色，自东晋陶渊明开创后，历来为官场失意或隐居不仕的文人所喜欢。到唐代王维、孟浩然，则达巅峰，尤其"诗佛"王维，可谓是山水田园诗的集大成者。而宋朝的苏轼和辛弃疾，又大大拓展了词的题材，将清新明快的田园风光和朴实天真的农村生活融入词中。由此，田园诗词，成为一朵恬美安然的花，绽放在浩瀚的诗海中。

快节奏的现代生活、高压力的城市空间，不禁让我们从心底向往田园、向往自然、向往那一份与世无争的纯朴和恬淡。作者这两首卜算子，正是写他忙中偷闲，假日前往葡萄园的所见所闻。

第一首词写晴天去葡萄园情景。上片起句"黄犬卧田头，欲走心还怕"，心理描写真实生动，让人读来忍俊不禁。作者兴冲冲地来到向往已久的乡村葡萄园，正想好好放松一下，却看到一只大黄狗，卧在他要经过的小路上，瞪大两只眼睛，十分警觉地看着他这个陌生来客，像要随时扑过来咬偷葡萄的贼一样。哎呀，这可让他心中打鼓了，怎么办？正在他犹豫尴尬间，却听"吱呀"一声，一位美丽又热情的姑娘，从路口对面的屋里出来，见他身处窘境，柔声相唤黄狗回家，还佯装要轻轻打它。好不乖的黄狗，瞧你多没眼力呀，有这么好的客人来，你不知相迎反吓唬他，想找打是吧？"村女温柔唤入门，作势轻轻打"，这一句从神态和动作描写村姑的心理，非常生动活泼，热情迎客同时，主人和狗的亲密，也跃然纸上。下片续写门前近景"翁媪鬓如霜，闲坐槐荫下"，恬淡温馨，让人不由得想起稼轩的《清平乐》"醉里吴音相媚好，白发谁家翁媪"。白发老人的安详，槐荫树下的闲适，亲切自然。见此景，作者不由得上前去搭讪话家常，结句"若问丰收笑更欢，遥指葡萄架"，笔调轻快，无限喜悦尽在葡萄的丰收里。

第二首写雨后再去葡萄园，又是一番情境了。上片起句"雨后果园行，醉了清新夏"，点明了地点、季节，尤其一个"醉"字彰显出心中难以掩饰的惬意。为何这般惬意呢？"忽听田间着意呼，玛瑙枝头挂！"原来耳听得清脆的叫卖声，眼见得一串串晶莹剔透的葡萄带着雨珠的清新像一串串明亮的玛瑙挂在葡萄架上，真是赏心悦目。但这些还不够，更让作者心醉的是循声而去的那个地方。"人面似桃花，叫卖荫凉下"，那树荫下，正值妙龄的姑娘，面似桃花，羞涩又娇媚，甜语声声，叫卖葡萄，真要把作者的魂勾走了。人家崔护那年相遇的是"人面桃花相映红"，作者这会子见到"人面葡萄相映红"，能不心迷神醉么？结句"换得双亲片刻闲，促膝欢情洽"，进一步描写村姑的内在美。原来她叫卖葡萄，是为了帮助父母双亲减轻负担，让他们能有空闲促膝谈心，多么孝顺的小女子，多么温馨的画面。

这两首词采用白描手法写乡间情景，具有浓厚的农村生活气息，质朴自然，生动明快，画面自由恬淡，田园生活的美好，尽显笔端。

【绿茶一盏】

南乡子 夏日即景

夹岸野花香，碧柳临风展素妆。白发棋翁人对坐，斜阳，无语闲观甲乙方。

情共柳丝长，浣女娉婷溪水旁。低唱黄梅风扑面，清凉，一片砧声带月忙。

【品赏】

这首《南乡子》，写夏日傍晚景致，言夏夜浣女心情，具有很强的画面感，风格清新明丽，纯朴自然。

上片写夏日的傍晚，几位白发老者对坐在斜阳绿柳之间，摆开棋盘轮番叫阵，自有恬淡安稳之情怀。

"夹岸野花香，碧柳临风展素妆"，夹岸花香，碧柳临风，且把河边碧柳比喻成含羞的女子，在斜阳的脉脉余晖里，临风照水梳理如瀑长发，极尽缠绵温柔风致。形象生动，起笔万千柔情。此处为下片浣女的出现预先着墨，可谓文思绵密。

"斜阳，无语闲观甲乙方"，作者把对坐弈棋的两位白发苍苍的老人家放在斜阳余晖这样的大背景下，且竟然把斜阳比喻成一位喜欢看人下棋的旁观者，一会看看甲方，一会看看乙方，诗思飘逸矣！有对弈者必有旁观者，可见作者也是棋道中人，对弈棋场景非常熟悉。碧柳画帘，掩映老者对坐弈棋，也是难得之闲适美景。

下片采用准确的细节刻画，如人物速写，却情景交融、明朗欢快。"情共柳丝长"，把情意绵绵的浣女描绘得生动明快、婉转有致。洗衣少女从河岸深处走出来，来到岸边的柳树下，一边洗衣服，一边三三两两聚在一处玩笑打闹，纯真少女不知不觉间已经心花开满，更显得春意荡漾，情由心生矣。"低唱黄梅风扑面，清凉，一片砧声带月忙"，这些青春少女们含羞轻唱着黄梅抒情小调，在清凉夏风的吹拂之下，河岸边响起一片捶打衣服的声音……

　　这首词总体采用的是纯白描手法，新巧活泼。通过对河岸边同一地点的夏日傍晚以及夜晚的简练勾画，让读者体会到农村景色的美好，也感受到作者对农村生活的熟悉与热爱。

　　全篇善于捕捉意境，平常的画面在作者的笔下别有洞天。

【千江帆过】

第三辑　天风万里少年游

七律　植物园偶题

园亭草树浴斜晖，极目神游到翠微。

林下风来知鸟过，湖边影动有船归。

几人寂寞诗还在，万木萧条雁正飞。

一叶翩然一叶落，明春花好柳依依。

【品赏】

　　一个秋天的傍晚，作者在植物园里流连忘返，凡眼底所见，皆是他心里的好风景。园内的亭台草树静静地沐浴着斜阳，极目远眺，远处山色苍翠。这里的"翠微"二字，即是葱茏山色之谓也。岳飞诗云："经年尘土满征衣，特特寻芳上翠微。好水好山看不足，马蹄催趁月明归。"即是说经年征战在外，偶有闲情，特地乘马观山景也。其实，只要心怀对大自然的欣赏，自会乐山乐水，眼前所见都是亮丽的风景。

　　"林下风来知鸟过，湖边影动有船归"，动静结合，意蕴深长，真乃捕风捉影，诗思翩然。作者独自立在树林下，忽有扑愣愣一阵风起，不用抬头，也知道是鸟儿振翅从头顶飞过去。走在湖边，忽见水面光影摇动，哦，这是游船趁着暮色回来了。这充分显示了作者对身边景物的真切体验，以及驾驭文字的功力。

　　"几人寂寞诗还在，万木萧条雁正飞"，对仗工整，寓情于景，情景交融。作者从对自然的感知中回过神来，放眼看去，万木萧条，大雁正南飞。在这样的情形下，不免有些孤寂。但作者疏放旷达，不作悲声，从而自然流畅地得出了这首诗的结句，那就是"一叶翩然一叶落，明春花好柳依依。"现在虽然是落叶纷飞，但不必叹息，因为明年依然会是花红柳绿，春意盎然！这样开朗乐观的情怀，与"冬天既然来了，春天还会远吗"有异曲同工之妙，可谓诗人之思也！

【水近山遥】

五律　游园

偶至芳园里，欣然赏翠荷。

池清鱼戏水，风淡鸟鸣坡。

老去诗情在，闲来野趣多。

心舒天地阔，枕石梦一柯。

【品赏】

　　这首五律乃作者踏青游园感受大自然的美好，诗思跌宕，发而为诗的作品。

　　"偶至芳园里，欣然赏翠荷"，写得颇有一些闲情闲趣，好像去公园游玩也只是一时兴起而已。为什么有这样的感觉呢？只因为这里有一个"偶"字，哦，原来只是偶然起兴才来到公园的啊。当然，这样的偶然其实也是最好的，人生贵适意，生活本来就需要这样的状态。

　　作者来到公园里，欣赏着池塘里的荷花，徜徉在清幽的荷香里。池塘里的水清澈纯净，可以看到一条条小鱼儿摇着尾巴在水里游来游去，似乎在欢迎作者的到来，柔柔的清风过处，随之传来一阵阵小鸟的欢鸣，让人感受春天鸟语花香的美好，更觉得拥有一颗洋溢诗情的心灵是多么的幸运。这样的诗心，无论何时何地，都是那样让人宁静淡泊、心神安定！

　　颈联转入议论与感叹。身在红尘，韶华易老，从少年到青年，从青年到中年，日子一天天地过去，但只要我们精神还在，不萎靡、能振作，有一股精气神，就没有什么值得伤感的。正所谓"老去诗情在，闲来野趣多"也。这里的"老"当然不是垂垂老矣的老，而是光阴如水、一泻而过的意思。只要有诗心、有闲趣，无论什么时候自己都是心胸开阔、心情明朗。正因为如此，作者在公园里才能有"心舒天地阔，枕石梦一柯"之念，以石作枕，顿觉心胸疏阔，为之一畅，这该是怎样的潇洒旷达之举啊。

仔细品读，这首诗风格凝练，对偶工整，清新自然，可谓淡远有神也。

【千江帆过】

第四辑

缤纷花雨已沾衣

七律　迎春花

花开三月鸟空啼，劝得东风柳上归。

柔蔓长藤披剩雪，清心洁质浴斜晖。

也曾梦里蜂儿闹，犹记风中燕子飞。

情思缠绵谁共赏，缤纷花雨已沾衣。

【品赏】

　　这首词是作者与诗文知己们以迎春花入诗题，举办迎春诗会时写下的。虽说春日初临，却正是作者人生路上风雨飘摇之时，心怀郁结之际。他以迎春花之口，抒发自己的真实情感。所以，这不是单纯的咏物词，而是借物喻人。

　　花开三月，草长莺飞。春天的脚步，随着春鸟的声声啼鸣轻盈地归来了。这里的一个"劝"字，用得极其传神生动。拟人化的手法，让全篇充满了灵动的诗意。春风越过田间，掠过河岸，也拂过初吐嫩芽的柳枝……一切都是这样的温暖温润，浪漫多情。在这样生机盎然的大背景下，迎春花花开，好似一条条腰带，临风摇曳。

　　"柔蔓长藤披剩雪，清心洁质浴斜晖"，颔联这两句，对仗工整，自然流畅，形象再现了从残冬风寒料峭处走来的迎春花不仅有着让人愉悦的外表，更重要的是有着让人心动的内心修为，这正是让作者最为欣赏、最为心折的。

　　颈联"也曾梦里蜂儿闹，犹记风中燕子飞"，更以迎春花的梦境为基调，完整地刻画了迎春花的个性特征。春天尚未归来之时，潜卧的迎春花已是情动于心，常常记起梦里蜂蝶嬉闹，风中燕子翩翩双飞。如今春风荡漾，春花沾衣，春情萌动，在这样的情思缠绵之际，又有谁来陪着多情的迎春花一起共度美好时光呢？颈联应该有宋代诗人范成大的词作《鹧鸪天》"酴醾架上蜂儿闹，杨柳行间燕子轻"的影子，但却有所化用，不见原词风貌，可见作者的阅读面以及扎实厚重的诗词功底。

诗写性灵，从古至今，皆如此。这首七律轻灵婉转，画面清新，雨中迎春，淡语伤怀，真情流露，让迎春花有了独特的魅力，更显余韵悠悠，颇不似作者一贯的沉稳、工整、质朴的诗风。莫不是人行春风里，亦能风格迥异乎？

【陌上花开】

第四辑　缤纷花雨已沾衣

贺新郎　迎春花

　　春已归来住。沐晨阳，鹅黄浅淡，清香如许。素面朝天难自弃，一片芳心谁诉。且携来，骚人文侣。去岁奴家身多幸，入诗题，皆是性情语。笔落时，赛风雨。

　　而今翰墨知何处，可知奴，年年此地，情思如故。寂寞天涯空怅惘，翘首频频回顾。犹记得，那时归路。愿得时时会旧友，墨香中，纸上龙蛇舞。花开放，相来去。

【品赏】

　　这首《贺新郎》需要与前一首《七律·迎春花》同看，才能知道这首词的巧妙之处。这首词写于第二次迎春诗会，所以作者独辟蹊径。在这首词里，他以迎春花的口吻，感念去年的诗会，字字为真，字字有情，含蓄深沉地表达了自己的心声。

　　可见，真正的咏物词，都会深深烙上作者的印记。作者的思想，作者的感情，有机地融入其中，才是一首难得的咏物篇章。

　　在这首词里，作者由化及人，描写细腻，善于铺陈抒情，这正适宜用《贺新郎》这样的长调来淋漓尽致地表达。

　　起笔便将迎春花的芳姿玉貌做了生动的刻画，但在遣词造句上并没有浓墨重彩，而是清新淡雅，极为符合迎春花的特点。鹅黄浅淡，恰如其分。

　　下文便是以迎春花的口吻出矣。原来在去年这个时候，迎春花有幸作为咏物诗题，使得作者以及文友们泼墨挥毫，写下了很多充满真情真性的诗章，可是今年呢，这些爱好诗词的朋友们，怎么还没有来呢？迎春花开依然，情思如故，她还记得去年朋友们悠然踏青，共同前来赏花的那条小路呢！

《蕙风词话》云："善言情者，但写景而情在其中"。这一段写得景中含情，情景交融，将迎春花的心理写得跃然纸上。

　　在诗词的最后，作者来了一句很有力的收尾："愿得时时会旧友，墨香中，纸上龙蛇舞。花开放，相来去。"这一句，既有对知己的珍惜，也有对文字的热爱，诗词的妙处就在于用极短的篇幅写出自己真挚的情怀。

　　"入诗题，皆是性情语"，感念去年的迎春诗会；"年年此地，情思如故"，对每年的迎春诗会都赋予了美好的期望；"愿得时时会旧友，墨香中，纸上龙蛇舞"，更是珍惜朋友之间的这份友情。全词字浅意深，言近旨远，有流美婉转之姿。

【陌上花开】

第四辑　缤纷花雨已沾衣

南歌子　蒲公英

河畔轻盈态，田间淡泊香。心安随处是家乡。静看桃红李白、蝶儿忙。

质朴无人赏，清新不自伤。犹能点染好春光。纵有风吹雨打、也含芳。

【品赏】

　　沈祥龙在《论词随笔》中言："咏物之作，在借物以寓性情，凡身世之戚，君国之忧，隐然蕴于其内，斯寄托遥深，非沾沾焉咏一物矣。"开篇首先点明了蒲公英的生存环境，以及它轻盈的体态和淡淡的清香。这两句其实已经让人觉得，这描写的就是蒲公英了，尤其再加上"心安随处是家乡。静看桃红李白、蝶儿忙"这一后缀，个性特点更显突出。由此我们可以看出，这首词采用的应该是借物喻人、咏物明心的手法。心安随处是家乡，表面是写蒲公英随风飘荡、落地生根的个性特点，但是又何尝不是作者自己的内心追求呢。静下心来，沉淀自己，让自己的内心淡定而从容，不再困惑迷茫，找不到方向，就能够宁静淡泊如蒲公英一样，到处都能生根，哪里都能生长，畅快地将自己的生命之花无拘无束地开放。

　　下片依然是借用蒲公英的口吻来描写，稍带一点拟人化的手法。清新质朴的蒲公英即使很少有人来特地欣赏，但她却从不妄自菲薄，黯然伤怀。因为在她看来，即使面临风吹雨打，依然有着旺盛的生命力，更有着自己的不懈追求，也是可以点染大好春光的。其实这里是托物言志。不管别人是不是欣赏你，都不要让自己的情绪低沉下去。因为，每个人都有自己的长处，每个人都要经历自己的人生风雨，而且，每个人也总是有着不同于别人的价值！

【陌上花开】

五绝　紫藤花

簇簇紫藤花，春来静不哗。
女儿折一朵，笑看鬓边斜。

【品赏】

　　紫藤花是一种不尚浮华的质朴之花，一簇簇地默默开放，并不惹人注目，她既不似刘禹锡说的 "唯有牡丹真国色，花开时节动京城"，有着冠绝天下的美艳；也不似林和靖笔下的梅花，"疏影横斜水清浅，暗香浮动月黄昏"，独具一种清寒风韵以及孤芳自赏的情致。紫藤花，在作者的眼里，就好比是一位山野村姑，虽然没有翡翠珠玉的精心打扮，却也有着自己安然静美的风姿，而这种淳朴之美，与作者又有着别样的心灵感应。在这短短二十个字里，作者以一种明朗淡远的诗风刻画了紫藤花质朴贞静的品格。

　　"簇簇紫藤花，春来静不哗"，开篇直接点题，没有故作曲笔之念。诗词的写法应该是多种多样的，有善于铺陈抒情，一咏三叹的；有曲笔生姿，回味悠长的；当然也有直笔描绘，酣畅淋漓的……《沧浪诗话》云："发端忌作举止，收拾贵在出场"，也就是说，诗文的开端不要矫揉造作，自然就好。想那紫藤花，不似海棠妖娆，不似桃花明媚，又有什么必要扭捏作态呢？有时候直笔描写，自有不同的韵致。这样的处理，有时候也是根据刻画的主体来考虑的。

　　"女儿折一朵，笑看鬓边斜"，这里的一句情景描写，极见风致，佳处正在此矣。紫藤花是安然贞静、不与百花争艳的，但是，紫藤花也是美的。所以，一样吸引了女孩子的眼光，只见她们四下瞥了一眼，偷偷折下一朵来，嬉笑打闹着将花朵斜插在鬓边，焕发出青春的活力。这样的女子，她们的笑颜，正如身边静静开放的紫藤花一般。

就这首诗的艺术性来看，先写紫藤花的"静不哗"，再写年轻女子"折一朵""鬓边斜"，可谓动静相宜，相得益彰。诗风质朴，凝练自然，清新明媚，诗味出矣。

【丝路花雨】

七绝　桃花

诗书抛却去寻春，千树桃花似太真。

邀宠东风心意足，浑然不识旧时人。

【品赏】

　　"诗书抛却去寻春，千树桃花似太真"，开篇两句直笔描绘，给桃花赋予了自己的思想感情。运用直笔之妙，关键在于作者是如何把握，如何控制自己诗文中的感情，掌握分寸，张弛有度。

　　春天来了，作者兴致勃勃地抛下诗书，赶去踏青，追随春天的脚步，探访旧日的足迹。到达目的地，一树树桃花盛开在春风里，灿若红霞。驻足欣赏，桃之夭夭，浓丽艳妆，确实是花如美人，艳丽多姿。只是年年岁岁，韶华易老，花开了一茬又一茬，已经觉得，桃花，不是作者当年熟悉的桃花了。开放在枝头的鲜丽的花朵，已经认不得当年的赏花知己了，只知道邀宠东风，畅快心意，哪里还记得以前的赏花人、赏花诗啊！正所谓"树犹如此，情以何堪"了。

　　这首诗很明显是在特定的心绪环境下写就的，短短二十八字，展露了自己的明朗磊落的情怀，以及一丝淡淡的感伤。

　　此诗乃暗讽伤时之作。借物喻人，委婉情真。可叹世间有多少小儿女，竟成陌路，沧海桑田。笔法转折生姿，意蕴深长。

　　正所谓"情动于中而形于言，岂专意咏物哉"，要是仅仅只是专意吟咏桃花，即使刻画生动，佳句迭出，又怎能轻易打动读者的内心世界？毕竟诗词是要深入人心，引起共鸣的，这才是正道！

【丝路花雨】

忆秦娥 茉莉花

心欢悦，瑶池喜见春光泄。春光泄，幽香暗袭，素衣如雪。

清新脱俗仙班列，花开花落凭谁说。凭谁说，诗情跌宕，朗怀明澈。

【品赏】

每一朵花的开放，都有生命的极致之美。自古以来，赏花咏花的诗词佳作，层出不穷，让人目不暇接。赏花之芳容，赞花之姿态，咏花之情怀，作者这首词对茉莉花进行了充分的刻画，自然新巧，柔美俏丽，且咏物明心，托物言情，实属难得。

"心欢悦，瑶池喜见春光泄"，起句直抒胸臆，突出了作者喜见茉莉花开的喜悦心情。"瑶池"与"春光"两个词组的映衬，更让人觉得，作者眼里的茉莉就是一朵阆苑仙葩，它的绽放，给萧瑟的冬天倾注了动人的春光。"幽香暗袭，素衣如雪"，从嗅觉和视觉来写茉莉花，香气袭人，白衣胜雪，婀娜多姿，就像偷偷下凡的素衣仙女，芳姿神韵，让人一念难忘。

下片进一步细致描写茉莉花之美，美在外表，更在其里。"清新脱俗仙班列，花开花落凭谁说"，这两句写茉莉花的神态之美。那洁白的花朵，清新脱俗，不染纤尘，恍如天上的仙子，下得凡尘，美得摄人心魄。可既有花开，就有花落，自是让人相惜。此时赏花的心情由最先的喜悦转为稍稍失落，但又念茉莉，花形虽落，却芳魂入仙，美好永存，又何必伤感呢？结句"诗情跌宕，朗怀明澈"，正是此意，心中几番婉转"跌宕"之后，爱花、惜花、知花之情，溢于言表。

赏花赏的是一种闲情逸致，咏花咏的则是一种芬芳品格、一种人生风雅。读这首咏花词，既让人赏心悦目、感受茉莉花之美好，又让人领悟作者情怀之明朗清澈、从容不迫。

【绿茶一盏】

七绝　昙花

夜深来赋赏花诗，正是绵绵细雨时。

欲掩娇羞儿女态，花开不教众人知。

【品赏】

在旧体诗词中，很少有写昙花这种深夜开花的植物的，然而作者却写出了自己的意蕴。

"夜深来赋赏花诗，正是绵绵细雨时。"夜深人静，恰又是绵绵细雨的良辰美景。作者应邀来到爱好种植花草的友人那里，等待欣赏昙花的开放。此刻，夜那么安宁，花那么静美，友情那么真挚深切！

前两句并无一字提到昙花，字句亦是平淡实在，不禁让人怀疑，该怎么样收转落墨，才能将诗笔点到昙花这个诗题上呢？只见结句里突然意象飞动，惹人遐想，赋予了昙花美好的生命活力，抒深沉婉曲之怀抱。

"欲掩娇羞儿女态，花开不教众人知"，在这里，作者明显地将昙花形象地比喻为一位含羞少女。当然，将花卉比喻为含羞少女，也是诗词中的常见手法，可是作者却如抽丝剥茧一般，一层层地将这首诗的最妙处展示给读者看。正因为写的是昙花，在深夜开放的昙花，所以，为什么花开在深夜不让人知道呢，就是因为昙花有着羞涩矜持的儿女情怀啊！三四两句诗思轻灵，折笔生姿，让整首诗一下子活泼飞动起来，显示了夜晚昙花开放的无限美感，独抒性灵，情韵俱佳。起承转合之间，内心深处满溢着对昙花的怜惜之情。

"律诗易工不易写，绝句易写不易工"，这首诗平中见奇，意蕴丰厚，从容舒缓，风神潇洒，深得优游不迫、蕴含不露之意味。

【月印清潭】

七绝 蔷薇

一帘绿意倚墙开，摇曳清风费剪裁。
绰约芳姿看不足，幽香似待故人来。

【赏析】

这首七绝，颇不似作者一向沉稳质朴的诗风，写得清新灵动、委婉含蓄，有字浅言深，言近旨远之意。

蔷薇，藤蔓纵横，倚墙而开，前缀"一帘绿意"，更见无限风情。她在初夏的清风里摇曳生姿。她不像牡丹那样个性张扬，也不似梅花那样清寒孤瘦，她的绰约芳姿，她的幽雅花香，是那样脉脉而含情，是那样让人心生怜惜，怎么也看不够。可是对于蔷薇来说，她的悄然花开，散发出时有时无的幽香，就是为了等待故人的到来啊。从该诗的结句看，作者应该心有所想、心有所念，却并没有直笔写出，而是将这种微妙的情感深埋心中，写得委婉含蓄，挥洒处珠玉落，吟哦间情怀自见。这首诗情景双绘，景中含情，将蔷薇花的美好刻画得形神具备，意蕴深沉。

真字乃诗词之骨。这首诗，借吟咏蔷薇，抒发思念之情，是这首咏物诗的真意所在。

【月印清潭】

卜算子 荷 二首

其一

露洒小荷圆，飒飒迎风举。偶有闲情自在行，池上清如许。

水映女儿姿，魂逐心潮去。留得盈盈一段香，且待蜻蜓舞。

【品赏】

古往今来，在文人墨客的笔下，有关荷花的诗文不胜枚举，"接天莲叶无穷碧，映日荷花别样红""小荷才露尖尖角，早有蜻蜓立上头"便是其中的名句。确实，清逸的荷花不知惹动了多少诗人的情思，诗思翩然，泼墨挥毫，作者也不例外。

作者清晨独自行于荷塘，行走在碧绿色的海洋里，空气中满溢着盈盈荷香，正所谓"荷风送香气，竹露滴清响"，空气都变得那样清新。在淡淡的荷香里，洒落于荷叶之上的朝露晶莹剔透，圆润明澈；荷花则是迎风而立，风姿卓然。整个荷塘，一派明朗气息。作者不禁心旷神怡，写下了一阕充满清新灵动气息的小词。

"露洒小荷圆，飒飒迎风举"，一个"圆"字，朝露可，荷叶也可。用字凝练，自然流畅，别有逸趣。

"水映女儿姿，魂逐心潮去"，作者以欣赏的眼光、拟人化的手法，将荷花比喻为一位临水而立偷窥自己美好倩影的娇羞少女，要么大大方方地立于水面，迎风摇摆，如一位偷下凡尘的仙子翩翩起舞，还不时瞅个空隙，低首欣赏自己水中的倒影；要么柔柔弱弱地躲在宽大的碧绿的荷叶下，好似娇小玲珑的女子，虽然花容月貌，却不愿让路人一睹芳容。这些娇艳的荷花，给炎炎的夏日带来了一丝清凉。作者此时情思飞扬，心潮涌动，流畅自然地得出了结句，"留得盈盈一段香，且待蜻蜓舞"。原来，对于荷花而言，蜻蜓就是她的欣赏者、倾慕者，那么，荷花留香而待，岂不是情归正途？

【萍踪侠影】

其二

碧水叠青钱，娇蕊浮清露。玉立亭亭自在香，裙袂翩翩舞。

借问惜花人，谁解花中语？倩影凌波不染尘，笑对风和雨。

【品赏】

在作者的咏物词中，荷花占了相当多的比重，可见他是多么喜欢荷花清逸、高雅、坚贞的品格。可以说，凡钟情自然、热爱花草之人，必有开朗活泼的内心；凡明澈豁达之人，必有荷花的不惧风雨，不避阴晴之品行。

在一个清晨，作者又一次来到满溢淡淡荷香的池塘边，静静地欣赏着亭亭玉立的荷花。迎风起舞的花蕊上洒满了晶莹透亮的晨露，圆圆的荷叶恰如重叠的绿色的古钱，又似女子的裙袂飞扬，起舞翩翩。这一切都给了作者无尽的视觉享受和无边的遐想，让人文思荡漾，诗情涌动。

可是多情的作者又不免对荷花忧心忡忡。滚滚红尘，看起来好像爱好花草的人很多，可是谁又真正懂得荷花的内心呢。荷花，并不是如表面看来那样弱不禁风，她有自己的坚贞操守，心地是那样的纯美干净，笑对风雨，不染一丝尘埃。

在作者的笔下，荷花被更多地赋予了自己的思想感情。在下片，我们是可以看出作者是颇有一些感慨的。正如王国维所言："其辞脱口而出，无矫揉妆束之态。以其所见者真，所知者深也。"虽然作者的心路历程坎坷艰辛，但也一直有着如荷花一样经历炎凉却不避阴晴、不消沉、有正气、笑傲人间风雨的品格！

【萍踪侠影】

五律　荷

出水亭亭立，临风最可怜。
幽香清入梦，素影淡含烟。
月下神尤韵，雨馀色更鲜。
濂溪今若在，重赋爱莲篇。

【品赏】

　　荷花永远都是诗人写诗填词的好素材，古今文人墨客十分青睐。说到荷花，关于荷花的诗文佳句便会在脑海中闪现。描写荷花，借物咏怀的诗句很多，如曹植的《芙蓉赋》："览百卉之英茂，无斯华之独灵。结修根于重壤，泛清流而擢茎"；苏辙《菌荅轩》诗曰："开花浊水中，抱性一何洁！朱槛月明中，清香为谁发？"；杨万里的"小荷才露尖尖角，早有蜻蜓立上头"等等。

　　这首五律，是作者初夏的时节去荷塘赏荷，看到荷花初绽，沉醉于眼前美景，寄情于荷，蕴成了这首律诗。

　　首联"出水亭亭立，临风最可怜"，以景开端，画面感很强，展现了荷花的动态之美。当荷花浮出水面，也就意味着要远离淤泥和黑暗的生活了，经历了淤泥般的黑暗，所呈现的生命必然是最美的。荷花笔直地立在这个世间，正如作者此时的心境。微风起处，荷叶与花儿一起摇曳，显得格外楚楚可怜，举目皆是诗情画意，让人流连不已。

　　领联"幽香清入梦，素影淡含烟"，写景兼抒情。作者人到中年，经历了世间的冷暖，一颗被岁月打湿的心在月圆如水的夜晚泛起了别样的情愫。几缕清淡的香气入梦来，月下的影子淡淡如烟去。荷，不雕琢，不粉饰，通身洁净的品质，让作者去了凡心，修得禅心。

　　颈联"月下神尤韵，雨馀色更鲜"，将荷花与人作比，极写荷花的神和色。作者想着微风过处的荷、月下的荷、雨中的荷，该是怎样的秀颜素面呢？这一池碧荷，揽着月色，踩着清风，荷香、荷风、荷韵徐徐送来，更加骨秀神清。雨中的荷，丝雨拂来，荷衣缥缈，荷花秀丽的容颜仿佛心中所爱的人的容貌，眸中尽是姿色。

尾联"濂溪今若在，重赋爱莲篇"，是整首诗的点睛之笔，揭示主旨。荷，谦谦君子之品行，诗人之所爱。荷，在孩子眼中，会想起哪吒；信佛之人，会想起观音；诗人自然多会忆起周敦颐。《爱莲说》寥寥百余字，其中"予独爱莲之出淤泥而不染，濯清涟而不妖，中通外直，不蔓不枝，香远益清，亭亭净植，可远观而不可亵玩焉"这样的名句，使荷花的高洁、个性和气质得到了完美的体现。莲，花之君子者也。莲之爱，同予者何人？在一个一个轮回里，有多少生命能如荷，干净地来，干净地去。

这首诗字清意远，对仗工整，以荷之高洁拟托作者的高尚情操。我爱出淤泥而不染的荷，也欣赏心淡如荷的素衣君子。

【一拂烟云】

116

蝶恋花　踏雪探梅

　　铁干虬姿临水岸，一缕幽香，风月谁人管？无语看花心更乱，清愁搅得痴肠断。

　　飞雪连天春意满，独上溪桥，已是归来晚。莫道情深悲聚散，离人更有千千万。

【品赏】

　　作者爱梅，尤爱雪梅。在一个雪舞飞扬的黄昏，作者踏雪探梅，引起别样情思，乃发而为词，以抒怀抱。其实，在这首词中，踏雪探梅，不妨认为还有着思念当年分开的恋人的意蕴在内。从作者的诗文中可以看出，他是个极其重情的人。所以他才会立于水之湄，欣赏岸边独自开放，散发着缕缕花香，却无人眷顾的梅花，发出"风月谁人管？无语看花心更乱，清愁搅得痴肠断"之语。但是，作者的心里并不仅仅是深深叹息，尽管他看到了梅花的孤独开放，但他更感受到了盎然的生机以及烂漫的春意。

　　其实，在这首词的上片，描摹了一树孤独开放在水岸边的梅花，空有一缕幽香，却无人前来欣赏的境遇。直到下片才言及"飞雪连天春意满"，点明题旨，妙在惜字如金，至此收束，下文更不纠缠。宕开一笔，诗情婉转见情深。

　　作者在天色已晚，身披两肩霜花，独上溪桥，探梅归来之时，不由得想起旧时好友，虽然思念，却不做悲声。所以结句为"莫道此情浓与淡，离人更有千千万"，将一腔离愁看淡看开。当然，是不是真的如此，作者并没有明说，也没必要说清，谁又能说得清呢。诗词，贵在结句有余味、耐咀嚼、惹人遐想，吞吐有致，极尽缠绵，却并不完全说破，其味正自无穷。总览全篇，踏雪探梅，惜花之情，溢于言表。

【貂裘换酒】

卜算子 春雪,植物园寻梅

独步旧亭台,乱染桃花雪。一树寒梅十里香,枝上栖黄蝶。

雪霁见晴阳,娇蕊春光泄。侠骨柔肠傲百花,引领东风也!

【品赏】

凡爱诗之人,听雨听风、踏雪赏花,都是让人心胸为之一畅的快事。在春雪初霁、梅吐幽香之际,作者独自行于植物园里的亭台之上,身上落满了绒绒的雪花。凌寒开放的梅花散发出清逸的香气,让人不禁徜徉花间,沉醉其中。更有诗意的是,那一缕缕梅香引得蝴蝶或是翩翩起舞,或是静静地栖息在梅枝上。

上片主要是写的是作者踏雪寻梅的美好感受,漫步亭台,雪中访梅,这是多美的画面啊。写景与言情其实是难以分离的。情景交融、景中含情、情中有景,才是最为合拍的。这首词的上片,纯为写景之语,一字未言情,但读者却可以深切体味到亭台独步的闲适、春雪飞扬的欣喜、寒梅飘香的雅致、蝶栖梅枝的轻盈。情境妙合无垠。

下片开始细致地描述梅花的气韵与神态。雪后初晴,阳光初照,梅花已经是娇羞绽放,展现大好春光。《蕙风词话》云:"作词不拘说何物事,但能句中有意即佳"。这首词虽短,却意蕴深长,赋予了梅花领先百花而盛开的气节以及凌寒独自开放的侠骨柔肠,这是多么令人神往而钦敬啊!可是梅花并不与百花争一时之长短,它只是将自己的神韵风采展现给人看。它在意的只是做一个引领东风而来的春天的使节,给世间带来无尽的温暖而已,如此,足矣!

【貂裘换酒】

腊前梅　独赏腊梅

为逃俗世厌逢迎，特特访卿卿。风骨露峥嵘，自有那，枝桠纵横。

羞传春信，惭邀莺燕，一缕冷香萌。待到百花盟，且休问，前生此生。

【品赏】

自然界每一朵花的开放，都能牵引作者的脚步，吸引作者的目光。不论是清新的荷花，还是静雅的兰草，甚或是平凡的蒲公英，都可以让他的眼里有一种如逢故人一般的亲切与温暖。但要说谁是他真正的花中知己，只能是凌寒独自开放的腊梅了。

因为他始终认为，腊梅这种默默守护自己的内心，不喧嚣不浮华，耻与百花相争，自有凛凛风骨的品格，是他最为欣赏心折的。

作者在某一年的春节前后，迎来送往已经很让他厌倦了，于是一个人出门去探望心中的知己腊梅去了。"逃""厌"二字明显看出作者对尘世间的繁文缛节的烦躁以及暂且逃脱这种禁锢的欣然，而"特特""卿卿"两个词语，一是指特意去访梅，二是指对梅花的爱称。这些让人感受到作者对腊梅的钟爱深情。那么，腊梅究竟是什么气质如此吸引作者的目光呢？原来是"风骨露峥嵘，自有那，枝桠纵横"，几笔素描将腊梅的外在风姿简练扼要地刻画了出来，而"羞传春信，惭邀莺燕，一缕冷香萌"，则更是将诗笔触及腊梅风骨凛凛的内心世界。她只是默默开放，至于是不是领先百花、欺风傲雪，甚至是不是为人间传来春信，带来莺莺燕燕的春光，也许她自己都不是太在意，她只是遵从自己的内心，萌发一缕冷香，坚守着自己的静默安然。待到春暖花开，百花争艳，自己迎风花落，也是不必问询、不必伤感的，因为年年岁岁，不管前世今生，她依然会怒放在风寒料峭的冬日里，焕发出自己应有的生命光彩。

宋人张炎在《词源》里说："诗难于咏物，词为尤难。体认稍真，则拘而不畅；模写差远，则晦而不明。"这首词紧扣腊梅独自开放，引领东风而自有风骨，内心安然沉静，不与百花邀宠的个性品质，将腊梅刻画得入骨三分。谁又能说，这不是作者的内心独白呢？

【貂裘换酒】

七绝　月夜赏梅

蟾光如水映仙姿，
疏影横斜三两枝。
莫道此花真逸品，
几人来赏未开时？

【品赏】

　　梅花凌寒开放，自有傲骨风姿，从古至今不知引得多少文人墨客为其再三吟诵。"墙角数枝梅，凌寒独自开"，这是孤傲高洁的梅；"驿外断桥边，寂寞开无主"，这是落寞无人欣赏的梅；"已是悬崖百丈冰，犹有花枝俏"，这是充满斗争精神的梅。一样的梅花，在不同经历的诗人的笔下，抒发的是个性各异的生命光彩。

　　那么，对于充满诗意的月下赏梅这样的题目，这首七绝的作者又应该如何落笔，又能否逃脱前人的窠臼呢？

　　"蟾光如水映仙姿，疏影横斜三两枝。"因传说中月宫有蟾蜍，故蟾光即月光矣。月下的梅花，暗香浮动，疏影横斜，自有别样逸趣。应该说起句点题，但意象虽美，尚无新意。难道作者真的肯让这样的一首七绝流入通俗之作么？显然不是！

　　"莫道此花真逸品，几人来赏未开时？"这两句以议论入诗，可谓奇峰突起，出人意料，却又自然流畅，写出新意，显然与他人常作大不一样。这里并没有再从月下梅花的意象着手写去，而是宕开一笔，诗思荡漾，想到了梅花的花开花落，前世今生。是啊，我们都喜欢梅花，都说梅花是隐逸的真君子，可是静下心来仔细想想，在梅花没有开放的时候，我们只知道春兰秋菊、夏日荷花，有谁还记得梅的存在？有几个人来观赏过那些未曾开放之时的梅树的老干虬枝？于短章中见不平之气，可谓梅知己也。

《小草斋诗话》云："咏物，诗之一体也。比象易工，意兴难具。"这首诗并不仅仅是描摹月下梅花的美好，而着重的是最后一设问，让整首诗的意蕴立刻丰厚深沉起来，惹人遐思，韵味深长。在常人意料之外，写出新意，不再拘泥于月下梅花的表象，而充满了一种让人深思的韵致。

【貂裘换酒】

踏莎行 梅

斗雪心坚，凌霜骨傲，静观桃李三春闹。云崖险岭自风流，暗香浮动花开早。

铁干虬姿，高风古貌，惹来蜂蝶翩翩绕。盎然生意喜迎春，春光好处花枝俏！

【品赏】

梅，素为国人所喜爱。喜欢到什么程度呢？松竹梅合称岁寒三友，凌霜斗雪；竹兰梅菊则呼为四君子，品性飘逸孤高。古诗文中关于梅的描述可谓比比皆是。但不可避免的是，梅花被过多地赋予了诗词作者的思想感情。那些满怀忧思的迁客骚人，郁郁不得志的文人墨客，将自己的高标傲世、不肯同流合污、孤芳自赏的情怀以及无人诉说、无人赏识的落寞悲伤，强加给了欺风傲雪、满溢正气的梅花。

作者的这首《踏莎行》也是为他眼中心里的梅花而写的。但可喜的是，作者笔下，梅花自有独特的风骨精神，集豪情柔情于一身，而没有一丝一毫的黯然情调。

"斗雪心坚，凌霜骨傲，静观桃李三春闹"，起句乃是这首词的总纲。工整恰当的对偶句，刻画出了梅花凌霜傲雪的风骨。其中"静"字用得很准确，表明了梅花领先百花而独自开放，而在其后的春暖花开之时，她却在花香鸟语中静看百花争艳，不妒忌也不落寞，这是怎样的宽广胸襟！下面的"云崖险岭自风流，暗香浮动花开早。铁干虬姿，高风古貌。惹来蜂蝶翩翩绕"，自是对盛开的梅花的热情歌颂。梅花暗香浮动，疏影横斜，即使在高耸入云的山崖险岭，也一样开放得烂漫多姿，没有任何的羁绊，迎来无限春意，而就在这生机勃勃的春光里，梅枝散发着缕缕花香，更显得俏丽多姿，惹人爱怜。

全词精神饱满，看不到半点惆怅孤高的情绪，并赋予了梅花崭新的面貌，让浸淫在古诗词里的梅花脱胎换骨，这首词也因了这个缘故，充满了正能量。

【貂裘换酒】

七绝　植物园赏雪中梅花,代雪赋

桃符更迭报春时，羞煞奴家恋玉姿。

香冷情浓谁管得，芳心只恐被花知。

【品赏】

　　作者的这首诗，另辟蹊径，把晶莹剔透的雪比喻成一位情窦初开的妙龄少女，一片芳心柔情，对梅花满怀爱恋，却羞于表达。不仅如此，女儿家的这一点小心思，既有初知爱情的芳心甜蜜，又有怯怯然心有所爱的羞涩，甚至还有一些不知对方心思，所以有所矜持，不能让对方知道自己的内心世界的小小的感伤……此诗婉约缠绵，旖旎柔媚，一派女儿家口气，这也是本诗的新颖别致之处。

　　起笔，桃符更迭，乃是春节时分，这便说明了时令节气。这一场纷纷扬扬的春雪，静静地落在梅花散发宜人清芬的枝头，好像是在着意赴一场等待千年的约会。对于雪，作者已经赋予了女性特点，因为这首诗在诗题里又写了"代雪赋"三个字，那么可以认为，这首诗就是雪的自况了。第二句说"羞煞奴家恋玉姿"，就是以雪的口吻写的。多情的雪花爱上了暗香疏影的梅花，难以启齿，让纯净美好的雪花感到十分害羞，更加楚楚动人。梅花的幽幽冷香，雪花的浓浓情意，人世间又有谁可以管得到呢？对于雪花而言，似乎有爱谁是谁，别人管不着的意味。但转念一想，只是那让人痴缠的梅花啊，你到底爱不爱我雪花呢？你让我这样的一个女孩子怎么说出口呢？我虽对你有意，但没摸准你喜不喜欢我，我也是要矜持的，也怕让你知道我是多么爱你啊！

　　这首诗的作者既是爱梅之人，也是爱雪之人，所以看到了雪中梅花，不由得诗兴起矣，以这样的笔法来抒发心里对大自然的欣赏，描情状物，也可见作者的纯美明澈的内心世界。

【貂裘换酒】

第五辑

飘然入梦花一朵

玉人词　十二首

其一　如梦令

　　记得那年初夏，听雨听风楼下。乘兴访昙花，娇蕊染香罗帕。深夜，深夜，花畔玉人如画。

【品赏】

　　作者在写下这十二首玉人词的时候，可谓心有所思，诗从口出，并没有在词牌的选择上刻意地费工夫，但是十二首《玉人词》运用不同的词牌，却抒发了作者一样的情怀，即他对玉人的刻骨相思，执着情深。洋洋洒洒，倾情而发，喷薄而出，可谓作者情词的鸿篇巨制。

　　玉人，古诗中原为美人之义也。作者词中的玉人，又是何许人呢？何以能让他不遗笔力如此来写呢？且逐首慢慢看来。

　　作者爱好诗文、喜欢花草，结识了具有相同爱好的玉人，对玉人打心眼里的欣赏，才能够深夜冒雨欣然应玉人之约，前去观赏她种下的昙花，摄影赋诗。

　　"记得那年初夏，听雨听风楼下"，开篇采用的是倒叙手法，回忆当年与玉人同赏昙花的往事。那年的初夏，应玉人之约，为了看到深夜开放的昙花，兴致勃勃地冒雨来到玉人的楼下。其实，在另一方面，又何尝不是为了与玉人相见呢？

　　"乘兴访昙花，娇蕊染香罗帕"，乘兴而来，访得昙花，满屋清雅的花香，染香了玉人的罗帕，也浸染了作者的心田。夜来访花，玉人在侧作者沉醉在清雅的花香里，更沉醉在这样的温馨场景中。确实，对于作者来说，收获并不只是在赏花一事，因为在他看来，昙花再美也比不了玉人的美。因为，当真个"花畔玉人如画"，称心快意！

　　词牌名曰"如梦令"，是否也可以这样理解，作者接到玉人邀约，喜出望外，不禁有如梦如幻之感，此处正与作者心境暗合也。

这首词风格质朴无华，虽采用白描手法，却写得清新可喜，立意新颖、着笔自然，向读者呈现一幅玉人与昙花相映相照的赏心悦目的唯美图画，景美情真，韵足味浓，自然有风致。

《蕙风词话》云："真字是词骨。情真，景真，所作必佳"，诚哉斯言！

【月印清潭】

其二 减字木兰花

海棠一朵，斜插鬟鬓人妙可。似水温柔，轻拂罗衣不胜羞。

清风在手，醉舞霓裳舒广袖。飞袂惊鸿①，流眄倾城曲未终。

【品赏】

好个玉人词！柔媚婉约，玉人似从画中款款而来，静如娇花照水柔，动若仙子舞娉婷。"海棠一朵，斜插鬟鬓人妙可。似水温柔，轻拂罗衣不胜羞"，写玉人簪花静立的仪态美。花娇人媚，柔情万千，轻拂罗衣，低眉情怯，不胜娇羞，果真妙人。

"清风在手，醉舞霓裳舒广袖。飞袂惊鸿，流眄倾城曲未终"，写玉人醉舞霓裳的动态美。飘然若仙，轻盈如梦，灵动婉转，浑似仙子下凡尘。明代杨慎在《眂藐流眄》里说，"美人眉目流眄，使人冥迷，所谓一顾倾城也。"可不就是作者在前一首《如梦令·玉人词》里所说的"玉人如画"么？这首玉人词，一字未言情，然而通过对玉人的生动描摹，细画玉人之美，倾慕之情，自然生也。

【绿茶一盏】

129

---

①惊鸿：指惊鸿舞。唐代汉族舞蹈，唐玄宗早期宠妃梅妃的成名舞蹈，已失传。《惊鸿舞》着重于运用写意手法，通过舞蹈动作表现鸿雁在空中翱翔的优美形象，极富优美韵味，舞姿轻盈、飘逸、柔美。唐玄宗曾当着诸王面称赞梅妃："吹白玉笛，作《惊鸿舞》，一座光辉。"

第五辑 飘然入梦花一朵

其三　偷声木兰花

　　春山如黛腰如柳，羞问东风奴媚否？花底徘徊，一抹红霞染玉腮。

　　茶香一缕风吹送，绰约芳姿频入梦。梦破登楼，诉尽相思不尽愁。

【品赏】

　　作者意犹未尽，继续用工笔为心中的玉人画像。

　　起句刻画玉人之美。美在眉毛，黛眉如烟；美在腰身，柔如绿柳；美在那一低头的娇媚温柔，羞问东风。接着赋予玉人美好的场景，一树一树花开放，玉人在花间游走，旖旎烂漫，春情漾漾。人花相映，花媚人好，人比花娇。如此良辰美景，玉人怀春，又使得女儿家暗自害羞，红晕飞腮，妩媚动人。

　　"茶香一缕风吹送，绰约芳姿频入梦。梦破登楼，诉尽相思不尽愁。"上片为心中所梦，下片转而言情，写现实所感。月移花影，茶香袅袅，夜风轻轻，这一个良夜，芳姿绰约的她又来入梦了。然而，梦终归是梦，醒来时，怅然无绪，只得登楼远望，玉人遥不可及，更徒增愁绪。结句黯然神伤，不尽的相思也随之沉郁起来。

　　此词总体承接《减字木兰花·玉人词》，依然在描摹心中玉人之美好。情境婉约优美，情思直白坦荡。

【绿茶一盏】

其四　菩萨蛮

　　花前情字书无数，算来没个人知处。正是念伊时，花中逢着伊。

　　但觉伊人好，不觉花开早。特地步迟迟，偷眼捋花枝。

【品赏】

王国维在《人间词话》里说："词人者，不失其赤子之心者也"。

作者热爱自然、喜欢花草，他与心里的那位玉人真诚相交的源头，恰好也是和一次吟赏樱花有关的。既然以花结识，每到春暖花开之时，作者便经常会想起那次一起赏花的情景，不禁情难自已，挥笔成篇。

"花前情字书无数，算来没个人知处"，春回大地，作者和以往一样，前去赏花踏青。只是在有着一腔心事的作者眼里，花落缤纷也好，花开满树也罢，他的心里，只是记得那年赏花时节，花下的玉人风姿翩翩，都能让百花嗔妒，但现在却难以再见，只是平添几许惆怅而已。一朝花下相逢，便再也难以忘怀，心心念念都是她。只有在花前，百无聊赖地用树枝写下无数个"情"字。

对于作者来说，让他念念不忘的是那一年"正是念伊时，花中逢着伊"。本来心里就在念叨着玉人，出人意料的是，不仅和她相遇，而且还能同赏樱花，这是多么让人开心的事！正是一目成殇，一念成痴。上半片词，流畅自然，不作停顿，一气贯注。

"但觉伊人好，不觉花开早"，下片的开端，是一个痴人痴念的对比句，描述了自己对心中的玉人的情思，眼里只有玉人而不见其他。素雅清丽的玉人，怎能不打动作者呢，但又唯恐让她知道自己的内心，只好放慢脚步，捋开花枝，偷眼打量。结句生动自然，刻画传神，颇具情动于心，我自不言之意，可见相思之深、相思之苦。

这首词的风格，很类似《花间集》情词之韵味，以直白率直的真情流露见长，且有意重复用字，以达到回返往复的流转之美。《蕙风词话》云："诗笔固不宜直率，尤切忌刻意为曲折"，可见，直白坦荡与婉曲有致只是诗词写法的不同风格而已，若恰如其分，各有诗味。

花间，与玉人赏花结识，填词也是《花间集》的风格，又是一个作者于无意间从心底透露出的含蓄深沉的消息！

【月印清潭】

其五　江城子

岸香楼上见卿卿，眼波明，黛眉轻。微步凌波，清浅影娉婷。不禁心驰神往矣，频目送，倍含情。

天边侧挂两三星，笑盈盈，赴归程。新月一弯，伴得玉人行。如梦初醒掐臂膀，真个是，肉儿疼。

【品赏】

这首词应算是作者这组情词中写得最自然生动的一首。"岸香楼上见卿卿，眼波明，黛眉轻。微步凌波，清浅影娉婷。不禁心驰神往矣，频目送，倍含情"，上片写他见到玉人的情景，从外貌和神态描摹，细处刻画，虚笔勾勒。结句"不禁心驰神往矣，频目送，倍含情"，写出心中所感，原来早已情波荡漾，却又不敢直面玉人，只是多次偷眼瞧她。在这里，我们好像可以感知到作者眼波里的深深情意。偷觑玉人的神态、动作、心理，非常细腻真切。

下片描景自然优美，动作心理描写更加生动形象。尤其结句颇有散曲风味，别致新颖。

远处的天空，三两颗星星侧挂着，一弯新月如钩，光影朦胧，晚风清凉。那个平日里只敢偷眼去瞧的玉人，现在居然一起走在这样美好的情境下，他恍然有了如在梦中的不真实感。"如梦初醒掐臂膀，真个是，肉儿疼"，活脱脱再现一位痴心人的那种对玉人一直想亲近而不得，又忽然如愿以偿后的喜悦幸福心理。

【绿茶一盏】

其六　小重山

情似春来百草生。中宵人独立，夜风轻。经年往事共谁听？相思地，暗与玉人盟。

辗转梦难成。明眸如水转，远山横。星儿明灭漏窗棂。无奈也，醉里唤卿卿。

【品赏】

"情似春来百草生"一笔写尽心中相思之情，情思如春草滋生，比喻生动形象，贴切自然。"中宵人独立，夜风轻。经年往事共谁听？相思地，暗与玉人盟。"此句写景言情，一气呵成，情景交融。一个人立于庭院内，夜深人静，风儿轻盈，正是怀人时分，心中不免有淡淡的惆怅，但念及曾经那些和玉人相遇的时光，心头又不免温润温馨，微醉微醺。

下片写辗转难眠，想着玉人的样子，缥缈间，若即若离，感叹着时光如水飞逝，难共玉人青春做伴，昔日之盟，转眼成泡影。情感沉郁，无尽愁，自然清泪流，于是借酒浇愁愁更愁，情到深处难自己，醉语心中"唤卿卿"。一片痴心，深情婉转，这一首玉人词情感起伏跌宕，让人觉得相思无尽，感人至深。

【绿茶一盏】

其七　醉东风

韶华如水，心曲凭谁寄。写罢锦书难自已，又是了无睡意。

起来独步中庭，月斜云淡风轻。今夜玉人何处？遥闻池畔蛙声。

【品赏】

汤显祖云："世总为情，情生诗歌。"

这是一首怀念玉人的相思小词，起笔"韶华如水，心曲凭谁寄"，就好似耳畔听得一声幽幽叹息。如水的光阴一天天逝去，作者思念玉人的心情也日盛一日，但无法让她知晓。在这样的情形下，作者看着自己刚刚写好的书信，想到没有人可以传递过去，颇有无奈苦闷之意。辗转反侧之间，情难自禁，今夜肯定又睡不踏实了。

下片转入写景。笔触从容不迫，却更显得心中的思念情意深长。"起来独步中庭，月斜云淡风轻"，夜深人静，却了无睡意。这时正是云淡风轻的夏夜,晚风习习。一弯斜月悬在天际,阅尽人间情思绵绵的儿女。

在这静谧安宁的夜晚,作者不禁悲从中来,心中的玉人她在哪里?此时在做什么呢?在这样的疑问中,更显得作者的执着深情。并没有着力刻画,意蕴却极含蓄深长。心有追寻却无人可答,隐隐约约地从远处传来声声蛙鸣,安抚着作者寂寞的心灵。

结句以景结情,笔触轻灵。一切景语皆情语,情景交融,同样表达了对玉人的款款相思。

这首词并没有渲染铺陈自己对玉人的思念,也没有对玉人做出形象化的描写。清人吴衡照在《莲子居词话》云:"言情之词,必藉景色映托,乃具深宛流美之致",作者在这首词中将心里的思念轻描淡写,却又是那样的铭心刻骨。

【月印清潭】

其八　点绛唇

134

曳地长裙,飘然入梦花一朵。绿腰①娜娜,怎把春心锁?

万丈红尘,终被情丝缚。谁怜我,飞蛾扑火,管甚因和果!

【品赏】

凡执着之人,亦是重情之人。在别人眼里,执着难免是痛苦的,必然要多承担一份辛苦,为情所绊,为情所累。但是,在这些憨直重情之人看来,却也是悲欣交集,有苦痛更有欣慰,展示了自己坦坦荡荡的内心世界。

这首词的作者,正是这样的一个人。也许在某一个时刻,他就会想到自己柔软的内心深处的玉人,不禁心生温馨,用自己满溢深情的笔触,写下一首首情真意切的诗篇。

据明代的杨慎《升庵词品》记载:"《点绛唇》取梁江淹诗'白雪

①绿腰:一种唐代的汉族舞蹈,以柔美见长。

凝琼貌，明珠点绛唇'以为名。"由此可见，这首词的作者，对心里思念的玉人是何等欣赏和神往。其实作者的内心也是纯净如孩童，心中的悲欢总是情不自禁，只能诉诸文字，袒露与人看。

"曳地长裙，飘然入梦花一朵。绿腰婀娜，怎把春心锁"，起笔凝练传神，世上为情字所困者众，不知不觉牵出过往，牵出心痛。作者通过细节描写来刻画心中的玉人，只见她身着长裙，婀娜多姿，体态轻灵飘逸，在梦境里翩然起舞，舞姿曼妙柔美，青春如花绽放。眼前仿佛真的看到一位美人衣香鬓影，动人心魄，可谓将玉人的美好刻画得淋漓尽致。"飘然"二字，与"曳地长裙"相呼应，炼字准确，见轻盈之态，美好之姿。"飘然入梦"四字，更是说明作者内心却充满着矛盾、无奈与遗憾，因为如此的相思，也只能够盼得玉人入梦而已。"怎把春心锁"，一句反问，说明了如此美好的佳人入梦，还怎么可以让作者锁住春心呢。这个"锁"字用得精确传神，简洁凝练，含蕴委婉。见执着，见情深。

下片稍作一转折，"万丈红尘，终被多情缚"，这一句嵌入一个"终"字，颇有些伤怀之意。世间儿女，生活在滚滚红尘中，到最后，还是被多情二字束缚、困扰、羁绊。虽然无奈，但也有着思念玉人的幸福，心里也是温润温馨。即使内心为情所困，却毫无后悔怅惘之意。作者的心思纯净澄澈如一潭碧水，直白天真，襟怀坦荡。心中的情感，五味杂陈，无奈也好，苦痛也罢，有心人自会知悉。

美学大师朱光潜在《文艺心理学》里说："写景宜显，写情宜隐"，也就是说，描写景物，要生动传神，如在眼前，但抒发内心情感，要含蓄深沉，有余味，惹人遐想为佳。作为一种美学观点，自有其有道理的一面。但是，诗歌的美感，没有一个绝对的衡量标准，这要和一首诗词的创作背景、表达的情感、叙事的口吻等诸方面综合来看的。这首词从裙裾飘飘的玉人入梦到下片梦破叹息，以上阕的乐景衬下阕的哀情，愁之不尽，可谓余音袅袅，实为诗词佳处。

元代散曲名家徐再思的《折桂令·春情》云："平生不会相思，才会相思，便害相思"，写得真率坦诚，质朴自然而墨花四溅，让人叹服。同样的，以这首《点绛唇》观之，着意刻画的是飞蛾扑火、不管不顾的相思，正是痴到极点也。如果依然要表达得含蓄腼腆，委婉曲折，可能么?!

【月印清潭】

其九　鹊桥仙

　　诗思未懒，柔肠未减，自是真情无限。与谁杯酒共婵娟，倚栏处、天涯梦远。

　　芙蓉如面，星眸流盼，怎不教人痴念？何时携手醉东风，笑看那、双飞春燕。

【品赏】

　　《鹊桥仙》这个词牌，很容易让人想到牛郎织女的美好传说以及与其相关的诗词佳句。有少游写相思千古绝唱在前，作者又如何描情状物，袒露相思之情呢？作者怎么才能借《鹊桥仙》这个适于抒发婉约情感的词牌，携得一腔离愁，捎到玉人那畔呢？

　　"诗思未懒，柔肠未减，自是真情无限"，起笔便写出了自己温柔细腻的情感，依然诗思敏捷，依然内心温润温馨，依然无限春情，对玉人难以忘怀。即便相思不得，但始终柔肠百结，诗思不减，一片赤诚。夜半梦醒，一丸凉月在天。如此孤独时刻，凭栏远眺，不禁自问那个让自己魂牵梦绕的人儿，现在又在何方？相思入骨，夜不能寐。

　　下片转入了对玉人的回忆。"芙蓉如面，星眸流盼，怎不教人痴念"，这是初次见到玉人的美好印象，从而一见钟情。作者见到的玉人原来是心地素雅散淡，不尚浮华，姿态飘逸，美目流盼的女子呢，于是不由得发出感叹："何时携手醉东风，笑看那，双飞春燕"。唉，其实呢，岂止醉东风，实是醉美人。要是哪一天可以携手漫步，沉醉在温暖的东风里，微笑着看那穿梭在花间柳下的双飞燕子，心里该是多么温馨亲暖！语言生动细腻，简洁凝练，意蕴深沉，眼前仿佛可见一位情深执着之人。

　　《白雨斋词话》云："语不必深，而情到至处，亦绝调也。"这首词表达含蓄，虽不可呼为绝调，然字浅情深，可谓得之矣！

【月印清潭】

其十　西江月

记得玉人初见，心头鹿撞相迎。如逢故友笑盈盈，翩若惊鸿照影。

诗赋颇知风雅，也曾对弈言兵。新思旧梦总关情，月落夜深人静。

【品赏】

这首词依然在续写他初见玉人时的感受。如此往复在心中回放他见玉人的点滴细节，可见他对玉人真是一眼万年了。

上片写初见玉人的情形。起句直抒胸臆，写自己初见玉人时的紧张、兴奋、惊喜间或还有点腼腆，所以"心头鹿撞"般慌乱。接着描摹眼中见到的玉人神态，不仅笑语盈盈，还似神女般体态如惊鸿照影，光彩照人，这里化用曹植的《洛神赋》之典"翩若惊鸿"，来写玉人之美。

下片"诗赋颇知风雅，也曾对弈谈兵"，侧重写玉人的才情，不仅擅长诗词歌赋，还精通棋艺。这两句在描绘玉人才情的同时，也是写与玉人的交往。因为玉人的诗词歌赋，只有在他领略欣赏之后，才有"颇知风雅"之感。"对弈言兵"则是直言他与玉人温馨相处的时刻了。由此，与玉人相遇相知，情感更近一层。

结句"新思旧梦总关情，月落夜深人静"，忽然一转，回归现实，才知道原来这是他的温馨回忆，玉人并不在自己身边，所以惆怅不已。"新思"，一片痴心难解，故而寻求"旧梦"，"旧梦"醒来，更觉孤寂。一腔深情无处可寄，相思不得，彻夜难眠，以致夜渐深去，连天边的月亮都渐渐落了，还是不能安睡。"月落夜深人静"，以景结情，韵味深长，意犹未尽。更显作者此时心中的孤寂，惆怅。

【绿茶一盏】

其十一　贺新郎

　　斜月如钩小。阅尽了、人间天上，儿女多少。记得当年樱花放，花下轻颦浅笑。怎知我，魂牵梦绕。欲寄双鲤心微怯，念芳姿清雅辞新巧。缘难续，情未了。

　　夜来梦断痴肠搅。无奈也、栏杆独倚，情波浩渺。深巷旗袍花纸伞，伞下玉人窈窕。雨声里，余音袅袅。有意何如无缘好，叹如今泪洒相思稿。身已共，红尘老。

【品赏】

　　《贺新郎》这个词牌，本以抒发豪壮悲凉之感慨见长，但在作者的笔下，却流转多姿，既可以渲染铺陈，也能够写景抒情，收放自如，张弛有度，极其适合表达小儿女之间缠绵悱恻的相思之情。

138

　　"斜月如钩小。阅尽了，人间天上，儿女多少"，起笔先从天上的月亮写去，如钩的月儿一不小心就会把每个有所思念的人儿的心思勾出来。世间所有痴痴恋恋都在它的见证里，或喜或悲。首句便有天地男女，难逃情网之意！写心中玉人，却气象恢弘。

　　今晚，有天上的斜月如钩，阅尽了尘世间多少情思绵绵的儿女。月下独步，不禁悲从中来，想起了玉人，想起了那年的相遇，更想起了她在烂漫花开时节的风姿翩然。可又有谁知道，自那以后，便对玉人梦绕心飞，魂不守舍了。如今想寄一封书信给玉人表明心迹，又怕唐突了她而情怯，只能把这份情深埋在心里。可谁知，这份情念念难忘，埋得越深，起得越高。夜夜无眠，愁思千结，辗转难安。

　　院中独望天空，浩瀚的星河，满溢的都是相思。眸子里，心里面，全是她。她身着旗袍，撑着花纸伞，走在幽深小巷的样子是那么真切！仿佛又听到雨声中她的盈盈笑语，余音在耳。但是，玉人只是一个可望而不可即的梦。若是当初无缘遇见，就不会这么折磨了，可谓造化弄人。所以用反语故意发问，与其对玉人如此有情有义而苦苦相思，还真的不如与她无缘，没有这一份情意，从而心地安宁呢。叹如今，空留下满纸的相思之意。时光如东流之水滔滔不归，被相思痴缠的作者也已经身在红尘，年华渐渐老去。

这首玉人词一咏三叹，写得情思深长，缠绵悲怆。情景交融，情中有景，景中含情，契合相间，境界自出。

【月印清潭】

其十二　好事近

　　帘外晚来风，灯下独敲棋子。记取玉人初至，已醉拥春意。

　　夜来梦醒倚栏杆，院落天如水。纵是浮生如寄，也不过如此。

【品赏】

　　这首词是《玉人词》的结篇，满含着相思的无奈与悲凉，抒发的也是难以言说的痛苦。在这里，读者尤其要注意的是，这首词的词牌竟然是看起来充满喜庆意味的《好事近》！岂不是欲结而未结，写尽心中无限感怀，更添了一丝难舍之情？即使是这样，作者的笔法丝毫不受纷乱情绪的打扰，依然井井有条，转折多变，散淡时暗藏愁思，抑郁处不作悲声。

　　"帘外晚来风，灯下独敲棋子。记取玉人初至，已醉拥春意。"夜晚，微风轻送，月已西斜，作者却无法安睡，思念着远方的人儿。辗转反侧之间，难掩烦躁的情感。与其睡不安稳，还不如披衣起身，在灯下摆开棋盘，转移一下思绪，可是心里依然会想起和她初次见面的情景，仿佛已经沉醉在她的如花笑靥中，沉醉在她身上独有的春天的气息里。如李清照所言"才下眉头，却上心头"，就像中了情蛊，她如花的笑靥又清晰地出现了，相思无计。

　　是不是心债难还，自己太过于执着情深呢？作者也无法解释了，只好迷茫地靠在楼台上，想着自己若隐若现的心事儿。偶然抬眼看着夜晚的星空，静谧的天际清凉如水，与作者烧灼的内心恰是鲜明的对比。"纵是浮生如寄，也不过如此"，最后的一笔转折，看似洒脱，实则是自我安慰，也更是一种自嘲和无奈，让人心生疼痛。

139

第五辑　飘然入梦花一朵

作者虽然心痛莫名，这首词却写得哀而不怨，忧而不伤。《白雨斋词话》云："悲戚语，说得和缓，便觉意味深长"，这首词正是如此。

总体来看，这十二首《玉人词》，笔法细腻，情感真挚。运用十二个不同的词牌，抒发了作者内心深处对玉人的一腔痴情，如潺潺流水，自然涌出，绵延不绝。词牌的选用，暗合了作者的情感心路历程，以及他对玉人的良苦用心。

【月印清潭】

五律　夜来无眠

夜来眠不得，寂寞自凭栏。

情困锥心痛，诗成落笔难。

小楼谁独立，忍泪且装欢。

何日心澄净，冰轮照碧潭？

【品赏】

　　此诗写于初秋时分。秋是诗人心上愁，秋天了，诗情又生长了。写文写字总在心情，纷乱事多，倍觉心情苍凉如秋。

　　"夜来眠不得，寂寞自凭栏。"夜深微凉时，心中袭来一层薄凉的寒意，辗转难入眠，起身倚着栏杆，静静地想着心事儿，此时夜风絮絮地吹，明月挂在树梢上，梧桐树的枯叶纷纷飘落，又还秋色，又还落寞，内心顿感秋的萧条与寂静，伤感莫名。

　　"情困锥心痛，诗成落笔难。"在这种情境下，不免想起心中的往事，叹人世间断不了的情、解不开的思。心痛的原因很多，痛到锥心，可谓用情尽是深刻。本来既然相思就应该有说不完的话和写不完的字，然偏偏说"诗成落笔难"，可谓是执笔写尽相思无一字，纵有千言万语又与何人听，心事沉，一纸碎语空悲切。"锥"字突出了作者心痛之深切，也沉重了读者读诗的心情。

　　"小楼谁独立，忍泪且装欢。"作者独立小楼，把眼泪擦去，假装心情愉快，但是谁能明白作者心中的苦呢，作者又真的能掩饰住自己的心情吗？昨日情梦，感慨万千，泪终为爱而流，心终为情而动。

　　"何日心澄净，冰轮照碧潭？"月亮皎洁如悬挂在天际的明镜，散射出清澄的光辉，碧潭清澈平静，自然有月影倒映其中，皎月如心，心如皎月。这两句使此诗整体的意境得到了升华，如果说前六句的格调悲情，写尽了作者心中的寂寞和彷徨，那这最后两句却让人看到了希望，作者并没有在忧伤中生颓废之心，伤时悯事，而是感叹自己，什么时候才能心静如水。很显然，这两句，是把心中的玉人比喻成皎洁的月亮，而自己的内心就是那一潭碧水了。也只有内心安宁，才能映得圆月在心。

遥寄相思之情，不悲哀不绝望，唯有单纯的希冀，这是诗人之心，禅者之意。仰望苍冥发问，表达了佛性本具，无须外求的意思。

情至深则爱无言，真正的爱应是能滋养心灵、让人的精神感到自由，并能让人的灵魂感到安宁。秋，一个令人感怀的季节，一个流逝而又成熟的季节，一个不得不使人思考的季节。作者在这样一个秋的夜晚，情思流泻，一些悠然而至的想与念，随秋的凉意涌上心间，缱绻成词。天地清澈明朗。如此慈悲而又空明、宁静、净美的心灵！使人读后悠然神往。

【一拂烟云】

临江仙　雪夜

　　寒雨昨宵今夜雪，平生不过百年。有无人可共清欢？新诗一卷，指点与谁看？

　　斜倚床头思过往，锥心疼痛无端。几时澄澈且安然。波平如镜，明月印清潭。

【品赏】

　　况周颐在《蕙风词话》里说过这样的一段话："恰到好处，恰够消息，毋不及，毋太过"。也就是说，填词之人，一定不能矫揉造作，应如风行水上，自然成文。这首词写于一个初冬的雪夜。绒绒的雪花并没有给作者带来浓浓的喜悦，因为这个时候作者心里正别有一番滋味，心痛莫名，无从说起。

　　在这寒冷刺骨的夜晚，作者怀想一位友人，不禁浮想联翩。虽然诗题是雪夜，但也仅仅是以夜雪茫茫的自然景象将诗思发散开去，并不局限于对雪夜的具体描绘。《蕙风词话》还提到一个观点，即"题中应有之义，不妨三数语说尽。自馀悉以发抒襟抱"，也就是说，在一首词里，不妨将应有的意思用精炼的语句说完，留下更多的篇幅去一抒怀抱，袒露自己的人生感悟。

　　"寒雨昨宵今夜雪，平生不过百年"，昨宵今夜并举，雨雪并称，说明一年四季不过就是霜雪雨露。正因为如此，才会感叹白驹过隙，岁月匆匆，人生短暂。岁月长河里几多惊涛拍岸？几多回旋悠远？人生百年之经历总令人感慨万千。试问一生相交的知己朋友又能有几个呢？所以作者不禁产生了诸多疑问。"有无人可共清欢"，抒发自然，表达了作者珍惜友情的心态。"新诗一卷，指点与谁看"，整个上片的人生感慨低沉入味引人共鸣，读之几近于怆然泪下。

下片在这种情何以堪的心境下，进一步提升诗词意境。作者在这样的雪夜里，思绪纷乱，无法平静。只好无奈地在内心呼喊，自己的心境什么时候才能明澈安然、波澜不惊？最后的结句"波平如镜，明月印清潭"，颇见禅心，只要心境安宁、心静如潭，一轮明月就会静静地印在清潭之上。这是一种安然的心态，更是一种澄澈的境界。

【月印清潭】

五绝　对月

能诗心善感，
执着见情真。
静坐楼台上，
清辉月满身。

【品赏】

　　"能诗心善感，执着见情真"，起笔凝练流畅。作者是一个情真善感之人，也是一个执着用心之人。这种执着，虽然有时候难免憨直得可爱，却往往更显得重情重义。其实，也正是因为重情义，在作者的心里，才会有如此多的放不下，如此多的牵挂。那么，在这样的一个月夜，作者是否又在思念心里的伊人呢？但妙在此处，却没有明说，惹人遐想，情思联翩，更有咀嚼的味道。而在读者的眼里，此时的作者正安静地坐在楼台上，一轮圆月正从天际冉冉升起，清辉明照，万般惆怅涌心坎，冷暖自知，苦乐在心。其实，这个"静"字，也是颇堪玩味的。到底心静与否，只有作者自己心知肚明了，此处可谓余音袅袅。

　　短短二十个字，素炼质朴，情境如在眼前。率真写来，无一字言情，无一字不言情，而处处情意绵长，含蓄深沉。静坐楼台，清辉满身，心中却是洪波涌起，浪花千叠。全篇清新自然，有感慨，见诗心，真情流泻，切实感人，无造作之语。诗中准确刻画了作者自己的个性特点和生动形象。风格朴实清新，字浅意深，饶有余味。

【一拂烟云】

蝶恋花　惊鸿春梦

风拂江南春意早，杨柳云烟，雨润山花俏。为问情深谁共老，清流曾把惊鸿照。

极目离离原上草，草长莺飞，犹自魂牵绕。相思何如春梦好，梦中微步烟波渺。

【品赏】

江南一直是诗词中的美好意象之一。可以春雨潇潇，草木滋生；可以春和景明，鸟语花香；更可以春情涌动，缠绵悱恻。这是一首描写江南雨后踏青时，赏春光、惹春思的相思小词。词风流利畅达，含蓄隽永，深情自现。

江南，最好的景致就是在烟雨迷蒙之际，微风轻轻拂过岸边的垂柳，柳帘如画，好像萦绕着淡云轻烟。那些野花，在春风春雨的滋润下，快意地展露着自己的美丽，将自己的生命绽放得无拘无束、烂漫多姿，让来往踏青的人们不禁驻足欣赏，徜徉在无边的春景里。

作者独自行于烟雨江南，触景生情，有所思矣。不由得突起一问：谁能和他情深共老，一生在山水诗文中知己相伴呢？遥想当年的陆游，遇到这样的境遇，写到"伤心桥下春波绿，曾是惊鸿照影来"，以"惊鸿"代称自己钟爱的人。此时此刻，作者的心里，对这样美好的女子，同样也用了"惊鸿"来代指，同时因了韵脚的一个"照"字，便更有"惊鸿照影"之意了。此处可见作者用字的精确性与连贯性。诗句流畅自然，清新明快。上片的一个问句，曲笔生姿，引起读者的无限遐想，这位让作者有知己之念的女子，她是谁呢？

词的下片，并没有回答这个疑问，而是由触景生情回归到眼前江南草长莺飞的景致。可是，对知己的牵挂依然不可忘却，终于来了一句坦坦荡荡的直笔，"犹自魂牵绕"表达了对这位朋友知己的深切牵念。可是，这样的牵念，紧紧裹缠在心里，让人感觉是那样的沉甸甸。于是只好给自己一个台阶下，写出最后一句很美也很无奈的结句——"相思何如春梦好，梦中微步烟波渺"。唉，与其这样相思无尽头，还不如做一场美好的春梦，梦中也许这位思念的人儿会如美丽的洛神一般凌波微步，轻盈而来，与作者相依相伴呢。

这首词，以我手写我心，含蓄深沉，情韵悠长，可谓擅言情者。

【月印清潭】

第五辑　飘然入梦花一朵

唐多令 伊人入梦

帘外雨濛濛，心灰万事空。且闲看、李白桃红。不意风吹花落去，千千结，聚眉峰。

岁月太匆匆，相思入梦中。煮佳茗、对诉情浓。若得良缘重眷顾，携素手，醉东风。

【品赏】

明知不可而犹不能忘者，乃情之所系也。

虽然时过境迁，玉人难寻，感觉心灰意懒、万事皆空了，但千回百转，却无法排解心中的愁绪。人间的花草，并不理会红尘男女的离合悲欢，依旧红红白白地开放着。老天爷似乎也是不通人情，风吹花落去，让作者的寂寞愁思无从寄托。正如钟惺所说："哀乐含情，妙在不说破"。

揣摩一下，这首词的上片，先写伊人不在，难解愁思，因而心灰意冷，再写闲看桃李以转移视线，以图将相思暂且放在一边，不再去想。但是，没想到风雨来临，又是引得一阵叹息，风吹雨打花落去。句法翻折有变，曲笔生姿，自有风情。

下片开始转入相思梦境的描写。弗洛伊德说："梦体现着深埋在潜意识里的情感"，岁月匆匆，许多人和事都已经渐渐忘却，但心里的伊人却时时想起，翩然入梦。现实中伊人已不可得，唯有在梦境里求得安慰吧。在梦境里，两人脉脉含情，在缕缕茶香中对诉浓情，不禁心生感慨，要是老天可以眷顾自己这一段情缘，一定要牵着她的小手，沉醉在东风里，漫步于阳光下。如能遂愿，多好！

【月印清潭】

148

浣溪沙　夜来偶得

独坐书斋寂寞灯，笔耕不觉已三更，沉思往事夜如冰。

偶自花前闻浅笑，便从梦里记多情，惯将人恼是卿卿。

【品赏】

抒写心境，排遣愁怀，一曲《浣溪沙》词也。

词作以音节明快，句式整齐，易于上口之曲调，抒发孤独寂寞之情怀，具所谓"以乐景写哀，以哀景写乐，倍增其哀乐"之效果。

问世间情为何物？曰两情，曰天伦，曰友朋，盖莫出其右者。起拍具一"独"字，结拍应之以"恼"，首尾相合，则显见惆怅心绪贯穿。何以至此？至若风和日丽或明月皎洁，"偶自"点明花前邂逅，"浅笑"字面眉目含情，实则书香氤氲。一袭素衣，蕴幽兰气息，袅娜倩影，莲步轻移，款款吟诗联句，馥郁花香，蜂蝶流连，驻足士子痴心。如今孤单枯坐书斋，情何以遣！笔耕或为寄怀，聊以忘忧，却惆怅益添，不觉晓之将至。韵里情思，忆昔兰若气息，心向往之，谁解星夜愁思。辗转榻上，依稀梦里浅笑，卿卿伊人，有否同此感念。思之不得，惟惆怅月下也。

格调明快，音节上口，却书寂寞情怀；比况祈盼，心凉如许，文思雅韵安在。心湖微漾，潮水回环，思君不见难耐。情思袅袅，愁绪绵绵，引人欷歔连连。言为心声，书成涩韵，只恨那日花前。

诗文相通，心旌神摇，当下情迷，心绪难宁，怨起一地鸡毛。心有旁骛，情之恼人，古今士子同怀。无欲无求，心有不甘，心病何解，良方何觅，三坟五典搜罗。自嘲心痴，系铃解铃，茂林修竹骋怀。

【柳韵荷姿】

第六辑

书生气足终难弃

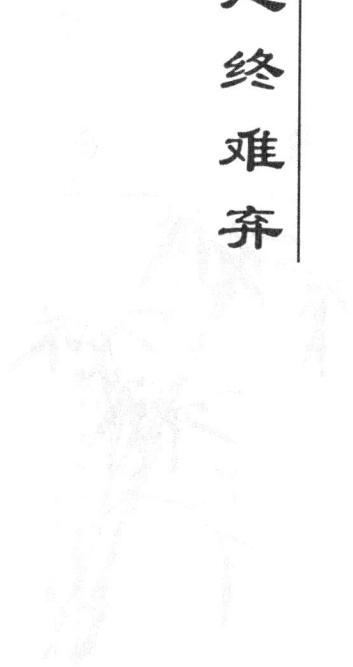

七律　书生气

身在红尘似网罗，稻粱谋得苦奔波。

粗疏只为无城府，耿直偏教有折磨。

性喜苏辛诗味隽，情耽山水屐痕多。

书生气足终难弃，怅立霜天独啸歌。

【品赏】

152

吴思先生说，中国人实际上都接受过二次教育，第一次是接受圣贤的教育；第二次就是接受社会大染缸的教育。从这段话里来看，所谓的书生气实际上就是指很好地接受了第一次教育，却没有能够完成第二次的教育，也不愿接受第二次教育的那一类稀有人群的独有气质。

朴实善良，满溢柔情真情，坚守自己的纯净安然的内心，执着于自己的精神追求，耿直坦白，从不知道圆滑为何物，面对生活中的各种曲折与折磨，能够笑傲而不屈服，此之谓有书生气的人。

在这个让人憋闷的滚滚红尘里，本就好比是每个人都在罗网里艰难地生存，可是这些有书生气的人们，却往往比那些看透人情世故、圆滑通达的其他人多了一份别样的体验。性格粗疏，胸无城府，耿直坦率而偏偏遭身心折磨。但这些挫折在具有书生气的人的心里，虽然痛苦，却也能摆正自己的位置，调整心态，笑傲面对！因为他们有自己难得的精神追求与精神支撑。

对于作者来说，尽管有自己的泪水与欢笑，但因了自己具有喜欢吟诗咏词以及徜徉青山绿水的爱好，内心的纠结与痴缠不断地在调节、在化解。偶然回过神来，心里还是会隐隐作痛，终究还是难以丢弃这书生性格。但相较而言，当然更不愿意接受第二次的染缸教育，于是不禁心生怅然，孤独地立于霜天之下，长啸轻歌……

这首诗其实就是一首自况诗，自我写照，形象至极。性情中人，书生可爱。笔触深沉，刻画传神生动，可谓凝重而不迟滞，真切而有余味。仔细揣摩，颇得《小草斋诗话》所说"诗境贵虚，诗情贵真"之意。

【挑灯看剑】

第六辑　书生气足终难弃

五绝　寄慨

一介草民心，哪堪岁月侵。

鸡鸣愁看剑，夜夜费沉吟。

【品赏】

在浮躁的尘世，沉淀内心确实很难做到，随波逐流应该是大势所趋。然一介草民，怀着忧患之心，哪里经得起岁月流逝的侵袭呢？多少叱咤风云、金戈铁马的辉煌如过眼烟云，繁华不再。多少白骨掩荒丘，纵然当时有雄心壮志，然而在时间面前，都成了不值一提的事，总让人十分唏嘘。

中国传统把一昼夜划分成十二个时段，每一个时段叫一个时辰。鸡鸣，又名荒鸡，是十二时辰的第二个时辰。"鸡鸣愁看剑"，只五个字，用了两个连续、特殊的动作，"鸡鸣"的动作点出了时间，主人公伴着鸡鸣看剑，让读者从中来体会作者复杂的内心活动，来想象作者所处的环境，真可谓言有尽意无穷。在这样的时间背景下，作者抽出宝剑，看了又看，不觉心生愁绪。"愁"，古有"剪不断，理还乱，是离愁"，用丝喻愁；也有"只恐双溪舴艋舟，载不动许多愁"，用夸张的比喻说愁。愁的滋味，难以言喻，产生的愁绪没旁人倾诉，更是愁上加愁。清晨的鸡鸣，划破黎明前的黑暗，是响彻云霄的清亮，然作者心中潜在的忧患和哀乐，使他面对现实极为清醒，愁绪满怀。"夜夜费沉吟"，这个"费"字用得巧！想到一介草民，徒有凌云壮志，却无用武之地，便只能在鸡鸣时分愁看剑，在夜深人静之时，思潮翻滚，手捧诗卷沉吟不已。诗歌蕴含着作者发自内心的深沉深入的思考，让读者感同身受。

此五绝，塑造了忧国忧民的诗人形象，然人生如意事少，随遇而安苦乐；世态如棋局，从容对待炎凉。淡泊明志，乐天知命，故不忧。

【一拂烟云】

七律　雨后闲坐

春花渐老送啼莺，辗转无端睡不成。
破纸斜裁题旧稿，矮床闲坐守书城。
纯真格调平添韵，自在诗心别有情。
难得今宵新雨后，吟哦声里晚风轻。

【品赏】

　　朱光潜说"和平静穆"是诗的极境。诗人也悲凉，但不止于悲凉。

　　"雨"，在诗人眼中，多是伤情的诱因。此首七律是作者在暮春时节，雨后晚来闲坐之作。在这样一个春事阑珊之时，作者惜春光易逝，心里有所思念，心事重重。但作者并没有因惜春而产生伤悲之心，而是去做自己最乐意做的事。

　　何事是作者所爱呢？在一个嗜书如命的人眼中，耽溺于安静、闲适的意境，"破纸斜裁题旧稿，矮床闲坐守书城"，是何其清高、雅净、脱俗、不凡之事。然纸短情长，如何能言尽内心悲欢。坐拥书城，享受着书籍的滋润，自是作者心向往之的志趣和境界。"自在诗心别有情"，自在之极，是诗心，诗之高处便是佛心。很欣慰作者心中已种下慧根，最后一句"吟哦声里晚风轻"，言有尽而意无穷。全词以情写景，景皆含情，读后自觉有陶渊明的达观。

【一拂烟云】

七律　夜读

辗转中宵睡不成，挑灯读史且怡情。

纱窗映月疑天晓，疏叶摇风诧雨声。

宅远傍郊随客至，心安无梦听蛙鸣。

掩书轻叹思今古，独倚栏杆夜似冰。

【品赏】

　　爱书之人，大致皆有深夜读书的毛病。唯有此时，万籁俱静，心思才可安定，读书方有效用。

　　"辗转中宵睡不成，挑灯读史且怡情"，起句便向人们描绘了一位儒雅风流的读书人的形象。夏夜，风送微凉，作者却神游八极，辗转反侧不得入梦，只得披衣起身，挑灯读书。在这静谧的夜晚，一本史书足以让这难得的属于自己的时间变得充实，变得厚重。案头灯火读书人，这是一幅多么让人神往的画面啊。其实，对于一个真正喜欢读书的人来说，在寂静的夜晚，手捧一本合自己心意的书，闻着散发在手头案上的缕缕墨香，该是一种怎样的享受。这时中宵斯人不寐，明月朗照，暗移花影，掩映纱窗，朦胧之间，仿佛已至拂晓时分，屋外风吹枝叶沙沙作响，好似细雨初临。

　　"纱窗映月疑天晓，疏叶摇风诧雨声"，颔联用字准确，颇有意境，通过作者细腻的感官体验，真切生动地再现了夏夜的寂静与美好，灯下读书的充实与幸福。《小草斋诗话》里说，作诗"唯要情境皆合，神骨俱清……景以适来，情随遇发，如风篁石涧，自然成韵矣"，颔联写得有情有景有境界，细品之，自是难得。

　　作者接下来的着笔放在了他自己的书房。书房位于何地呢？原来是在寂静的接近郊区的地方，但并不是"结庐在人境，心远地自偏"，而是宅远傍郊，四际蛙鸣如潮，读罢掩卷轻叹，楼上子夜凭栏，可谓韵律意境皆妙哉。"掩书轻叹思今古，独倚栏杆夜似冰"，最后一句以景作结，自然流畅，感慨良深。

此诗格律严谨，精于辞句，始终侧重于场景描摹，少有议论，难得的是诗中的时空转换，章法有序，传承唐人风范。读之如临其境，如同影像在目，引人入胜。

【江南布衣】

第六辑 书生气足终难弃

鹧鸪天　夜读《稼轩集》

　　天纵英才滋味长，诗魂宛在《贺新郎》。怜他报国情深切，空有林泉别样忙。

　　人磊落，路彷徨，沉吟不觉夜风凉。静听天籁心如水，常伴茶香与墨香。

【品赏】

　　"辛稼轩词，慷慨豪放，一时无两，为词家别调。"然稼轩其人，本不欲以文章名世，天纵英才却不为南宋朝廷所用，罢职闲居，空老林泉几十载，故满腔忠愤，发而为词，一抒胸中块垒，因而他的作品虽然满溢报国深情，却多沉郁悲凉之风，以雄深雅健的笔力著称。作者最钟爱稼轩诗词，在某一个夜深人静的时候，手捧《稼轩集》，想起稼轩生平，不觉心潮澎湃，诗思飘荡。

　　起句高度概括了稼轩波澜壮阔而又郁郁不得志的一生。稼轩负文武之资而不遇明主，不得尽展其才，亦颇可哀，只能以诗词自娱，抒发报国无门的苦闷和彷徨。"贺新郎"是稼轩最擅长运用的词牌之一，在这里代指稼轩全部作品。"怜他报国情深切，空有林泉别样忙"，这是作者在夜读《稼轩集》之际，不觉为他热切的报国之志、豪情满怀所感染，也不免对他闲居山林、寂寞终老而深深伤怀，作一千古浩叹。

　　稼轩为人磊落，才气卓绝，人生之路却曲折坎坷，彷徨无依。这样五味杂陈的经历，让多年以后的作者依然为他的复杂人生感喟不已，既为才气纵横而叹服，更为难展英才而痛惜。沉吟神往之际，夜风拂面也不觉寒意，只因为稼轩带给我们的是壮志凌云，热血沸腾的感受。夜已深沉，合上《稼轩集》，作者伴着袅袅茶香、缕缕墨香，追古思今的心慢慢收拢，静听天籁，安然如水……

【墨溅成珠】

158

七绝　秋夜读诗

良辰正值少年时，
云淡风轻月上迟。
应是有情无处着，
倚窗闲读板桥诗。

【品赏】

　　这首诗乃作者少年时期所作，诗风淡雅清新，饶有余味。

　　"良辰正值少年时，云淡风轻月上迟"，开篇向读者展示了一幅宁静的秋夜图。万籁俱寂的秋夜，微风轻拂，送来一阵阵清凉，天上飘荡着淡淡的浮云，一弯斜月挂在遥远的天际。如此良辰，恰又是青春少年，不免情思飞动，惹人遐想。

　　下面我们来看三四两句，"应是有情无处着，倚窗闲读板桥诗"，读完不禁哑然失笑，原来作者心无所属，只是情窦初开而已。在这样的良辰美景之下，心里虽有真情，却无处着落，只好无可奈何地靠在窗前心不在焉地读着郑板桥的诗词。"有情无处着"五个字准确地刻画了懵懂少年的内心感受，真乃妙笔。可惜板桥风骨，在此只是掩护陪衬耳。

　　这首诗生动地描绘了作者身处良辰美景之时，内心深处微妙的情绪变化。良辰正值少年时，不禁触景生情，但有情无处着落，转而有所失落，只好靠在窗前读诗，不免无可奈何，心不在焉。心理感受是层层递进，如抽丝剥茧，一位青春少年的情动于衷的心理仿佛触手可及，可谓余韵深长之境，正如《古今诗话》所言："须得言外无穷之感，方合风人之旨。"

【巴山夜雨】

第六辑　书生气足终难弃

七绝 秋吟 二首

其一

西风萧瑟赴寒秋，赚得诗人多少愁？
何日消磨脂粉气，凌烟阁①上看吴钩②。

【品赏】

自宋玉《悲秋赋》以后，那些抑郁不得志的文士们以及宦海沉浮的迁客骚人，在他们的诗文里，凡遇着秋季，颇多愁思缠绵，一派肃穆萧然之气，读之令人心境也跟着悲凉起来。当然，这和当时他们所处的环境和自己的境遇都是有关联的。不管怎么说，"何处合成愁，离人心上秋"，对于秋天，总是以满怀愁思居多的。

这首诗作者写于二十岁左右的年纪，那时热血沸腾，意气风发。没有如前贤们遇到的艰难窘迫的境遇，所以即使也是写秋天的主题，也没有丝毫的哀怨愁思，反而多了些少年的豪气。

"西风萧瑟赴寒秋，赚得诗人多少愁"，开篇即是疑问句。萧瑟的秋风，你惹动了古往今来的诗人多少愁思啊？此句运用了拟人修辞格，仿佛是说西风是去准时赴一个与秋天的约会，从而让那些诗人登高一览，触景伤情，满怀愁思。而且这个"赚"字用得很好，显得生动灵巧，出乎意料，可谓"诗有别趣"也。

秋风不知道惹动了多少诗人的愁思，可喜的是，作者给出来的答案，却是充满一腔热血，有一股少年豪气。"何日消磨脂粉气，凌烟阁上看吴钩"，以另一个设问句说出自己的见解。什么时候才能不再局限

————————
①凌烟阁：唐朝为表彰功臣而建筑的绘有功臣图像的高阁。
②吴钩：吴钩是春秋时期流行的一种弯刀，它以青铜铸成，是冷兵器里的典范，充满传奇色彩，成为驰骋疆场、励志报国的精神象征。

于自我本身，不再局限于自己受到的一切羁绊？好男儿应心胸开阔，应满腔热血报效国家，并在凌烟阁上得偿所愿才是。

《小草斋诗话》云："炼句不如炼字，炼字不如炼意。夫字句，可炼也。意者，偶然触物而成"。这首七绝乃是作者在深秋时节，满目萧条之际，触景生情写下。意气风发，虽轻狂，然壮志可嘉。今日观之，不禁莞尔。

【萍踪侠影】

其二

秋光依旧逐花游，枫叶如丹曲径幽。

吟得诗成无纸笔，不留片字也风流。

【品赏】

这首诗与前一首《秋吟》写于同一时期，相较来看，就会发现，少了万种豪情，多了一丝清新之气。由此可见，诗情诗境，百转千变，全在诗人内心。

少年情怀总是诗。在那样的年纪，无忧无虑，对待身边的任何事物皆是以一种乐观开朗的心态去看、去想。所以，在作者笔下只有轻灵洒脱的氛围，只有蕴藉风流的情怀。

"秋光依旧逐花游，枫叶如丹曲径幽"，这两句生动刻画了作者漫步在秋光里，于枫树林里徜徉欣赏，情思涌动，发而为诗的情境。

作者在徜徉秋光之时，诗情涌动却到处找不到纸笔。无奈之下，只好安慰自己道："吟得诗成无纸笔，不留片字也风流"。惋惜之余，这倒也是一个很风雅的理由呢。的确吟诗而无纸笔，颇有不着一字尽得风流之意也。

袁枚有言："若夫诗者，心之声也，性情所流露者也。从性情而得者，如出水芙蓉，天然可爱；从学问而来者，如玄黄错采，绚染始成。"这首七绝清新宜人，颇有诗味，妙趣天然，自是真性情者也，也许和明朗向上的少年情怀也是有关系的吧？

【萍踪侠影】

荷叶杯　雪夜读书

　　今夜听风听雪，痴绝，漫作少年行。冰花飞舞到天明，不废旧时情。

　　谁有闲心如我，归卧，雪夜读书时。茶香一缕最相宜，枕畔几篇诗。

【品赏】

　　喜欢听雨听雪的人，往往都是内心细腻、情感丰富的。若发而为文，则往往更能引起读者的共鸣。这首词便是作者在风雪之夜，诗情涌动，浮想联翩，一气呵成的。

　　"今夜听风听雪，痴绝，漫作少年行"，起笔便向读者展示了作者一直以来保持的浪漫情怀。夜阑静听风雪，不禁想到少年时代的自己，满腔热血，意气飞扬，在风雪之中任由一肩霜花披满身，却歌之舞之，心中丝毫不觉风雪之际的寒冷刺骨。如今，世间的阴晴冷暖，已经司空见惯。但好在，作者依然保持着乐观开朗、积极向上的心态，依然没有忘记多年以前喜欢静听风雪的闲情雅趣。他觉得，凡风雪雨露，只要心境安宁，静听天籁，心中都能涌出不一样的逸趣来。

　　下片开始细致描画作者的内心世界。在作者看来，人有闲心是一件难得的事情。在这样的雪夜，躺在床上看书，才是难得的享受。"谁有闲心如我，归卧，雪夜读书时"，不疾不徐的语调中，明显可以读出一种安享闲心的得意，以及雪夜读书的清雅。更何况，还有"茶香一缕最相宜，枕畔几篇诗"。

　　《蕙风词话》云："盖写景与言情，非二事也。善言情者，但写景而情在其中。"雪夜读书，重回少年感觉，冰花飞舞，旧情不废。茶香袅袅，伴着枕边缕缕墨香，洋溢着闲情雅致，这是多么绝美的画面啊！

【丝路花雨】

七律　诗意吾庐

盎然诗意起吾庐，风送清凉六月初。
兴到临池新磨墨，性慵懒读旧藏书。
情思纯澈诗怀朗，良友奔忙晤对疏。
自是人生滋味足，酸甜苦辣似江湖。

【品赏】

人到中年，沉浮于滚滚红尘，当年的张扬个性，敢爱敢恨的激情已经如同冷却的火山，再也寻不见。四十岁的你我，只愿静心修为，从无字句处读书。如此，才能免受尘世间的繁华、喧嚣、浮躁之气的影响，让自己的心灵得以不染纤尘，淡泊安然。

这首诗就是作者有感而发的作品。全诗散淡冲和，看不见丝毫的激情涌动，只能触摸到作者不疾不徐的脉搏，以及一颗宁静祥和的诗心。

起句直抒胸臆，"盎然诗意起吾庐"，颇有对自己充满诗意的书房十分满意而且沾沾自喜的神色，情绪略显高扬。于是接下来的一句"风送清凉六月初"稍作缓和，转入写景，将这种开篇即显得情绪饱满的态势压了下去，仿佛一股溪流奔腾向前，忽作一回旋，静水流深。如此方是张弛有度，跌宕有致。

"兴到临池新磨墨，性慵懒读旧藏书"，是说他乃一性情中人。人生贵适意，兴致来了可以临池磨墨写几行毛笔字，自娱自乐。要是心境疏懒了，书架上的藏书也可以暂且不管，一切随人心意，毫无挂碍。这两句说明了作者惟愿保持着一种内心素净雅洁的态度，宁静致远。颈联由此感叹人到中年万事休，当年的挚友成家立业，再在一起下棋喝茶的机会明显少了很多。但幸运的是，在这茫茫人海里，自己纯净清澈的品格、心如朗月的个性特征犹然未变。

　　颔联和颈联的对仗工稳质朴，然其中有细微处见作者苦心，或作者尚不自知。凡起句情思饱满高扬处，必对句情怀稍低落，于心绪起伏之间见人生滋味。

　　最后一句乃是全诗的总结，更是全诗的诗眼。就在这小小的书房里，作者也可以感受到人生滋味苦辣酸甜，感受到身边的生活就是一个忽而风平浪静忽而波涛汹涌的江湖。其实，人生处处是江湖！

【江南布衣】

鹧鸪天 三十九岁生日,恰是风雨天气

刹那芳华卅九春,年年依是病中身。每经风雨情怀好,常诵文章意趣纯。

诗隽永,性天真,世间喜为读书人。繁华如梦浮云耳,唯有案头笔墨新。

【品赏】

三十九岁生日那天,正是风雨交加的天气。常人看来,定然有些败兴,但作者反而觉得,这场风雨,是不是有着点醒他的意味。

"每经风雨情怀好,常诵文章意趣纯",这两句对仗工整而品之有味。"风雨"二字显然不仅仅指的是人间的风雨霜雪,也指出了红尘中各种对自己不利的遭遇。这里着重表达了作者笑傲凡尘俗世中一切风雨的勇气和发自内心的积极向上的乐观态度,更有一种对诗词文章的由衷爱好,以及渴求文化修养方面的历练。

人这一辈子,很多东西都可以放得下,但内心的修为却是自己的。在作者的眼里,在这个纷纷扰扰的世界中,做一个内心纯净安然的读书人,是多么的幸运啊。"世间喜为读书人",微露自负,亦颇可喜。正因为如此,他所历经的悲欢离合,都已如梦幻泡影,不算是什么事了,唯有书案上的笔墨纸砚,才可以真正知晓他的内心世界。

这首词是生日感慨之作。作者平素喜读稼轩词,受其影响,凡身世之感,情怀之思,常以《鹧鸪天》为抒发载体。《蕙风词话》云:"填词先求凝重。凝重中有神韵,去成就不远矣",这首词写得沉郁凝重,却朴实无华,字里行间满含人生之意蕴。

【江南布衣】

鹧鸪天　四十岁生日

　　小住红尘四十春，沉吟疑是梦中身。诗情跌宕闲难得，本色依然性率真。

　　情坎坷，路艰辛。与谁同看月一轮？悲欢过眼成余事，做个凡间自在人。

【品赏】

　　青春年少之时，意气飞扬，颇有些舍我其谁的轻狂之态，但随着年岁渐长尝尽了生活的艰辛，才知道生命的本真。这时已然褪去了自负与傲气，虽然不能逃脱方方面面的限制与羁绊，但也可以对生命的本身有所思考了。所以，作者在年近不惑之时，写下了很多满溢生活感悟的诗篇。这首词，只是其中之一。

　　"子在川上曰，逝者如斯夫"，人生几十年的光阴，就像是一次单程票的旅程。当我们从懵懂孩童到莽撞少年再到沉稳含蓄的中年，时光飞逝，我们一天天地老去，简直不敢相信，就像是在做梦一般。"沉吟疑是梦中身"，体会深刻，大有不愿相信又不甘心接受之意，很能引起读者的共鸣。"诗情跌宕闲难得，本色依然性率真"，这一句对仗工整，质朴无华，颇类其人，很能显示出作者的个性。即使年过不惑，也依然是坦荡率性，更显情真并不因为时光的流逝而圆滑世故。如此，难得矣。

　　下片转入对自己内心的剖析。"情坎坷，路艰辛。与谁同看月一轮？"人到中年，内心备尝情路坎坷，人生艰辛却毫不颓废，心怀淡泊自在之意，可又能与谁同看一轮明月在天呢？心路之旅悲欢过眼，又有谁是真正知他懂他的呢？结句"做个凡间自在人"，暗含着辛酸、无奈与佯装的洒脱。其实作者的内心，可谓"如鱼饮水，冷暖自知"。

作者的词作真挚而深沉，正如梅圣俞所说："状难写之景如在目前，含不尽之意见于言外"。人生况味，含蓄蕴藉，尽在《鹧鸪天》矣。

【江南布衣】

鹧鸪天 四十不惑

四十年来幻亦真，依稀不再问前因。何妨风雨身多病，自是弟兄老更亲。

人散淡，笔清新。喜看春到草茵茵。多年留得冰心在，笑对人生五味陈。

【品赏】

孔子云“四十不惑”。四十岁，可谓是人生的一道分水岭。我们追求过，也彷徨过；我们肤浅过、无知过，也天真过，勇敢过。因而，我们必须沉淀自己，让自己成熟、稳重、通达，明白什么才是自己想要的，知道什么才是自己要珍惜的。人生只有经历了，才懂得世事如烟，红尘滚滚。当我们看惯了风花雪月，经历了人生百态，有了自己的判断力，明白了如何取舍，学会了淡定从容，就不再困惑迷茫。

作者这首词表达的正是这样一种深刻的人生感悟和一份从容达观的情怀。上片起句“四十年来幻亦真，依稀不再问前因”，回首来时的路，往事历历在目，又仿佛梦一场，亦真亦幻，但现在不管成败与否，不论得失如何，都不再追问来由了，一切随缘吧。这一句有感而发，却又自我宽解，是总写心中所悟。接着细说他心中所感，“何妨风雨身多病，自是弟兄老更亲”，人生风一程，雨一程，一路走来，难免曲折苦难，甚至病痛在身在心，但患难见真情，能有这样一位知冷知热的好兄弟相伴相亲，未尝不是一件幸事。这一句感慨沉郁真挚，既写了人生艰辛不易，又表达了对知己的珍惜感念，颇有稼轩词的风格。

下片“人散淡，笔清新”，则是对自己的内在肯定认知，也是四十不惑的显著体现。四十岁以后，才渐渐明白不管世情如何错综复杂，删繁就简，淡然处之就好；才慢慢懂得文字才是自己一生所爱，让手中之笔，抒写性灵，清新纯美，活出精彩，活得心安，才是最真的自己，明白了幸福指数取决于一个人的心态。"喜看春到草茵茵"，此句描景言情，与好友共勉。无论经历何种困苦，只要我们拥有一颗乐观豁达的心，就像萧瑟寒冷的冬天之后，迎来的又会是芳草如茵、美好依旧的春天。结句"多年留得冰心在，笑对人生五味陈"，借用王昌龄《芙蓉楼送辛渐》诗中之典"一片冰心在玉壶"，对知己表明自己的坚定达观，也表达了对友情的深深珍视。以后，不管人生多险恶、道途多艰难，只要你我相知、心灵相依，我就会笑看红尘，得失无悔，成败无惧。

综观全词，语言质朴自然，信笔写来，却情感真挚，感怀深刻。词境沉郁处让人读来心酸，豁达处又让人赞佩不已。四十不惑，果真如此。

【绿茶一盏】

169

第六辑　书生气足终难弃

鹧鸪天　吾不善饮酒，戏作

人到中年感慨深，红尘如海任浮沉。常存善念终成佛，别有诗情可洗心。

思过往，待追寻。不妨随处卧花荫。提壶①劝学刘伶醉，物我两忘酒自斟。

【品赏】

作者素不善饮，但对于酒的妙处，还是略知一二的。得意时自然"车旁侧挂一壶酒，凤笙龙管行相催"；失意时也不妨"花满渚，酒满瓯，万顷波中得自由"。当然，"何以解忧，唯有杜康"，叱咤风云如曹孟德，也能写下这样的诗句，况凡人乎？

而作者心里的忧伤，却从不依靠酒精的麻醉来排解。不惑之年，所经历的一切都已经有了自己的领悟，对自己内心的情感也有了深刻的体会，不再有年少轻狂之态，只愿在滚滚红尘中，浮沉由他，悲欣由我，内心保持纯净安然，笑看花开花落，云卷云舒。常存善念，是为人处世的根本，而心有诗情，不言悲喜，对自己而言则更是一种修为。

但是，人是很奇怪的动物，往往所作所为与心里所想难以同步。就像作者，当然知道应该要保持内心安宁的心境，却还是经常执着地将往事一遍遍地怀想，于是只好无奈地开始尝试向那位"常乘鹿车，携一壶酒，使人荷锸随之，曰'死便埋我'"的古人刘伶学习，寄情于诗酒，才能达到物我两忘，不失为一种人生态度。

这首小词道出了人到中年的深深感慨，起句颇显无奈之情，然后

---

①提壶：鸟名，即鹈鹕。唐刘禹锡《和苏郎中寻丰安里旧居寄主客张郎中》："池看科斗成文字，鸟听提壶忆献酬。"宋欧阳修《啼鸟》诗："独有花上提壶芦，劝我沽酒花前醉。"宋梅尧臣《和永叔六篇·啼鸟》："提胡芦，提胡芦，尔莫劝翁沽美酒，公多金钱赐醇酎，名声压时为不朽。"皆以提壶之名，写劝酒之义。

表达一种恬淡的态度。想想过去的一切，都随风而去，难以追寻，何不使自己过得更潇洒点呢？

《说诗菅蒯》云："诗须得言外意，其中含蕴无穷，乃合风人之旨。"结句暗含着几多无奈，几许悲情，有余音袅袅之意，有心人自能体味。

【貂裘换酒】

鹧鸪天 叹世情 四首

其一

万事随缘懒问因，听风听雨往来频。世情淡薄情如纸，残梦依稀梦似真。

悲聚散，泪如奔，与谁白发且相亲？那天雪霁梅园过，采得芳枝第一春。

【品赏】

172 　人生在世，总有些事情是不能称心如意的。所以，我们只要做到保持内心的纯净安然，问心无愧，万事随缘就够了。

这是作者在遇到感情挫折时写下的，虽微露哀婉伤感之意，但仍然是结句为之一振，不作悲声。窃以为，这是作者多年以来写作诗词最突出的风格。作者一向是个积极向上的人，他的内心是决不允许自己陷入婉约缠绵、感时伤怀之中不可自拔的。

开篇一句"万事随缘懒问因"，表明了自己的人生态度。不管是什么不顺心的事情，都不要刻意去问前因后果，这往往是徒增烦恼而已。在自己的人生历程里，无论是大自然的风吹雨打还是精神肉体上受到的各种磨炼，都要从容面对。但说起来容易，做起来是比较困难的。在遇到挫折的作者眼里，世情淡薄如纸，但残梦依稀倒像真的一样了。

《小草斋诗话》云："作诗如美人，丰神体态，骨肉色泽，件件匀称……至于一种绰约流转，天然生机，有传神人所不能到者"。"世情淡薄情如纸，残梦依稀梦似真"，这一句正是如此，饱含了作者无尽的酸楚与无奈。在字句的有意重复，回旋往返中将这种情感描摹得生动传神，道他人所不能道。

曾经相伴身边的人已经散落天涯，作者的心路历程也饱受着煎熬的苦楚。不禁发出一声浩叹，能够与谁真正地相亲相爱一辈子，直到白发苍苍呢？这个设问句并没有给出明确的答案。反而在结句处稍作转折，"那天雪霁梅园过，采得芳枝第一春"，这一句似乎与下片的设问不相干，却意蕴深长。作者是一位喜欢花花草草的人，这样的一句话，其实已经婉转地回答了这个问题。在如今这样的现实社会，白发相亲，相守到老的人是多么的难能可贵！既然已经分开，还是不要辜负了好时光，去欣赏花花草草要紧呢。这一结句似不作答而意蕴自明，曲笔生姿，回音在耳，顿生余韵悠悠之意。

【江南布衣】

其二

寂寞园林散漫游，亭台独坐忆从头。人无性格同鸡犬，身在江湖不自由。

追往事，思悠悠，闲花矮草替谁愁？漫天香雪添春意，回首天涯冷似秋。

173

【品赏】

这首《鹧鸪天》是作者遇到挫折，独自在公园散心，面对纷纷扬扬的漫天春雪，心有所感而写的。词风沉郁悲凉，凸显了作者内心世界的矛盾、不安与深深的痛苦。

平时人来人往的公园里，因为春雪纷飞，此时人迹罕至，与作者内心的失落倒是很相称的。园林寂寞，人也寂寞。作者心境不佳，却无以解忧，只得独自坐在亭台里回忆着以前的点点滴滴。唉，人生在世不称意，可与人言无二三，每个人都有让人烦恼的地方。虽然说，人都有自己的个性，都有自己的思想，要不和鸡犬牛马又有什么区别呢？可是现实生活往往是真实的、严峻的、残酷的，每个人都被动地容纳在社会这个江湖里，难免会牵扯太多、羁绊太多，无形中被捆住了手脚。于是不由得感叹，人生在世，并不自由啊。

"人无性格同鸡犬，身在江湖不自由"，把有性格的人在不自由的江湖中的矛盾冲突与痛苦，写得十分深刻。作者的心灵向往和精神追

第六辑 书生气足终难弃

求，繁华过后的沉静，通过诗意的浸淫，力图从繁尘俗世中解脱出来，从而涤荡纷扬的俗世凡尘，然又终归身在江湖不自由。心理活动刻画得淋漓尽致。

下片着重在刻画作者自己的内心感受。往事悠悠，犹然历历在目。可是已经物是人非事事休，不禁悲从中来。身边的闲花矮草，也好像通达人心，悄悄地替作者发愁呢。虽然现在正值漫天飞雪陡增春意之时，可在作者的眼中心上，沉吟回首之际，心境恰似"无边落木萧萧下"的秋季一般凄冷，久久不能缓过劲来。

这首词的意境虽悲了些，但是表达出的对人生的领悟却十分深刻、难得。

《蕙风词话》云："寒酸语不可作，即当愁苦语亦当华贵出之。"其实，对于《鹧鸪天》这首词来说，正是如此，最后的一笔，香雪春意，虽云"冷似秋"，却是笔法稍振，意象有所对比，情怀有所起伏，很容易引起读者的共鸣。

【江南布衣】

174

其三

人到中年岁月侵，红尘万里任浮沉。身如一叶乾坤小，缘订三生寂寞深。

思往事，叹如今。诗书自有绕梁音。从兹偏爱佳山水，何必君心似我心。

【品赏】

"作词之法，首贵沉郁，沉则不浮，郁则不薄。"

作者素来喜读稼轩词，为之叹赏。虽从来没有刻意学稼轩，然而他的诗词，也潜移默化地受稼轩影响颇深。这首词因了作者当时的心境，颇多了一份稼轩的沉郁厚重之风。

人到中年，且不管经历了多少风风雨雨，坦然面对、笑对人生是我们必须的选择。即使在茫茫人海里浮浮沉沉，也得坚守自己静美安然的内心世界。

作者情路坎坷，历经悲欢，这样的人生况味，让他感慨良深。"身如一叶乾坤小，缘订三生寂寞深"，这两句不仅对仗工稳自然，且每一句都有着明显的对比，更显得意蕴深长。在这样的滚滚红尘里，每个人其实都是很渺小的，就像是一片轻盈的树叶，随风飘零在这个世界上。假设所遇不淑，那即便是订了三生缘也觉得无法交流，寂寞便更深了。这是一种怎样的痛苦，读者是可以理解与感悟的。

下片转入对往事的回忆与对如今的慨叹。一字未提伤痛，却伤痛莫名，只好沉溺在诗书文字和青山绿水之中，以求排解。不必因为自己是执着的、重情义的，而苛求别人的心也总是和自己一样。

作者的诗词一向以不作悲声见长，这首词却暗含着悲凉、寂寞、决绝，然而是不是真的就觉得"何必君心似我心"呢？仔细咀嚼，似乎在有无之间。所以，结句颇有"诗书自有绕梁音"之意。

【江南布衣】

其四

四十年来五味陈，与谁酬唱共芳辰。红尘辗转天涯路，寒雨飘摇梦里身。

心质朴，性纯真，扬眉笑傲不须鞿。吟成一曲情深重，灯火窗前忆故人。

【品赏】

人到中年自有感慨。"四十不惑"，应该是没什么可以困扰迷惑自己的了。但实际上，真的是这样的么？凡重情重义之人，情就是他一辈子的羁绊，不论这个"情"，是指亲情、友情还是爱情。

这首词乃作者感时伤怀的深沉之作，正是他一贯的沉稳朴直、感情充沛的诗风。文如其人，也可以从这首词深切地感受到作者是怎样的一个人。

"四十年来五味陈，与谁酬唱共芳辰"，此处的"酬唱"，很显然并不单纯指诗词唱和，而是指心灵的交流。起句便让读者内心得以共鸣。四十年时光飞逝，五味尝遍，除了历经人生风雨之外，曾经与我们相依

175

第六辑　书生气足终难弃

相伴的知己、好友们呢，怎么都一个个散落天涯，难以相聚？现在，心中的离合悲欢，又能与何人说呢？"红尘辗转天涯路，寒雨飘摇梦里身"，这两句对仗工整，刻画生动，再现了作者多年来为了生活而奔波，披风沐雨，却不得不接受知交散落的痛苦现实，充满了无奈和伤怀。其实，这哪里是作者所想要的生活！

"心质朴，性纯真。扬眉笑傲不须鞿"，下片笔法为之一振，作者是个重情之人，但沉浸于无奈与伤感，很显然不是作者的本心，更不是他的性格。虽说心有感叹，但毕竟，他有着一颗开朗乐观的质朴的心。"吟成一曲情深重，灯火窗前忆故人"，最后一句情浓墨饱，深情自况。写得深沉苍凉，同时不失厚重多情。先抑后扬，慨叹良深，从沉郁到明朗，字里行间深情满布，读来令人为之触动。

【江南布衣】

七律　感怀

淋漓翰墨上高台，谈笑风生亦快哉。

尘世变迁原似梦，人情素淡自无猜。

烟霞有兴邀重赏，风雨难期不再来。

心静无妨居闹市，朗怀常对酒樽开。

【品赏】

这首七律，意蕴深沉，却以淡语出之，余味悠然。

人的一辈子，总是需要一两个真心好友的陪伴。一个人内心的快乐与伤悲，也往往需要友人在侧，得以分享与倾诉。

"淋漓翰墨上高台，谈笑风生亦快哉"，起笔即精神为之一振，文朋好友挥洒翰墨，登高谈笑，那是何等快意！有这样的知己好友，真是作者的幸事。君子之交正在于此，所以才会有"尘世变迁原似梦，人情素淡自无猜"之感慨。红尘万里，沧海变迁，就和梦境一样，但朋友的友情是不能忘的。只要心地朴素深沉，可贵的情谊自然是无所猜忌，一定可以走得长远的。

"烟霞有兴邀重赏，风雨难期不再来"，这一句对仗尤其工整，且生动阐述了朋友知己的可贵之处。美好的自然风光，应该相邀友人共同欣赏，人世间的风雨，真正的朋友也愿意共同承担。"心静无妨居闹市，朗怀常对酒樽开"，这是全诗的重点。只要心地纯净，心绪安静，即使居住在闹市，也是不尚浮华，从容宁静的。明澈的情怀，充满朋友之情的杯中酒，心底纯净如一池碧水，使人的胸怀也变得开朗豁达。

清人周济说："吞吐之妙，全在换头煞尾"。这首诗表达了作者对待朋友心地安然、纯澈的情怀，以何妨闹中取静，等待朋友前来品酒的意境收束全文，可谓得禅意矣。

【江南布衣】

第六辑　书生气足终难弃

卜算子 病中戏作

镇日苦奔波，听任光阴泻。一病偷来几日闲，善学庄周者。

睡起日三竿，胜似神仙舍。万事如今不挂心，一席清风也！

【品赏】

这首词是作者身有微恙，暂且从繁忙工作之中解脱出来，在家休息之时，写就的游戏之作。但即便是游戏之作，隐隐约约在其间也可以看出，作者有着怎样开朗达观、自在逍遥、蔑视一切困扰的内心世界。

起笔写出了普通工薪一族的生活状态。为了稻粱谋整日早出晚归、苦苦奔波，听任光阴一天天如东流之水滔滔不归。这里的一个"泻"字，形象地道出了光阴如水的概念，因为只有"水"才有"泻"的意味。而且这个"泻"字颇有动感，让人一下子就有尊重生命、且行且珍惜的意念。

人吃五谷，哪有不生灾患病的。有人说过，小病是福，其实就是指有些无伤大雅的小病小灾，反而让人更加珍惜生命的可贵以及享受难得偷闲的乐趣，所以说"一病偷来几日闲，善学庄周者"。庄周者，无为而治，自在逍遥也。偶然小病在家，那就好好地享受这难得的闲心闲趣吧。下片是说一觉睡醒已经是日上三竿。在如今这样快节奏的社会里，还能够睡懒觉，已经很知足了。在偶然得以偷闲的这几天，作者把万事不放心上了，滚滚红尘皆如一席清风，可真是幸福的事儿，简直与住在神仙洞府差不多了。

这首词流畅自然，抒发的是明快愉悦之情，而不是身有微恙的愁苦。由此也可以看出作者的达观心境与积极乐观的人生态度。

【水近山遥】

念奴娇　辛弃疾

　　铜琶铁板，继东坡，高唱大江东去。漫泛轻舟豪气在，出没鹅湖深处。吟赏烟霞，寄情山水，敢忘神州路？当年乡土，胡尘铁骑狼顾。

　　记得壮岁南归，《美芹十论》，家国多风雨。纸写江山三万里，梦断横戈西戍。武略文韬，林泉托付，此恨凭谁诉？频添白发，镜中浊泪常驻。

【品赏】

　　稼轩英风超迈、才情纵横。故后人有言，辛稼轩当南宋末造，负管乐之才，不能尽展其用，一腔忠愤，无处发泄。观其与陈同甫抵掌谈论，是何等人物。

　　这首词便是作者夜读稼轩，对前贤思慕不已而写下的，字句中充满了对稼轩人品的敬仰与不得尽用其才的深沉叹惋。

　　起句直接引用自郭沫若先生为辛弃疾纪念祠题写的对联的上联，作者只不过就此生发开去，一笔写就了一阕念奴娇，以抒怀抱而已。联云"铁板铜琶，继东坡，高唱大江东去；美芹悲黍，冀南宋，莫随鸿雁南飞"。上联"铁板铜琶"是一个典故，出自《历代诗余》所引宋代俞文豹《吹剑录》里评论苏词风格的话："东坡在玉堂日，有幕士善歌，因问：'我词何如柳词？'对曰：'柳郎中词，只合十七八女郎，执红牙板，唱'杨柳岸晓风残月'；学士词，须关西大汉，铜琵琶，铁绰板，唱'大江东去'。公为之绝倒。"这里着重说明了辛稼轩的诗词风格脱胎于东坡，而更觉浑厚苍劲。

　　这样一位身负文武之资的奇才，却不为南宋小朝廷所用，只好隐居在鹅湖深处，寄情山水，似乎已经远离红尘，不问世事。而鹅湖，正是他和众多爱国志士指点江山，纵论天下的地方。可见，稼轩又何尝真的忘记了恢复中原之志向？再回首，当年的家乡，已经饱受外族铁蹄的践踏和蹂躏，正需要稼轩这样的爱国主战派人士献计献策，北伐中原。当年稼轩从北方渡江南归，献上《美芹十论》这样的军国大计，却无人理睬，只好任凭美好的家园经受严酷的风吹雨打。在南宋小朝廷懦弱的军政外交政策的干扰下，稼轩巩固国防的愿望被无情地搁浅了。稼轩虽然文韬武略、雄心尚在，却已然空老林泉，只留下一腔忠愤、满头霜发和两行忧国忧民的浊泪。

【江南布衣】

七律 端午怀屈原

肝胆长争日月光，教人犹念汨罗江。

悲歌一曲惊天问，往事千年悼国殇。

凛凛英才唯楚有，绵绵遗恨至今伤。

龙舟飞处烟波里，艾叶飘香姓字香。

【品赏】

屈原，历史上伟大的诗人、爱国者。他热爱楚国，追求政治革新，希望振兴楚国，但遭到奸邪谗毁不得进用，被楚怀王疏远，又被顷襄王放逐，最终流放江南，辗转流离后含恨抱石投江。后来，人们为了纪念屈原并表达对屈原的景仰，把五月初五屈原投江的这一天称为端午节。在这一天，人们举行各种活动来纪念这位伟大的爱国诗人。悬挂菖蒲、艾草，佩香囊，赛龙舟，饮雄黄酒，吃粽子都是这个节日里的一些习俗。

这首七律，首联"肝胆长争日月光，教人犹念汨罗江"点出了全诗的主题思想。此诗是作者在端午时节，为了表达对屈原的怀念而作，体现了作者心中忧国忧民的情怀。汨罗江水咆哮，纷繁世间，踩着楚歌节拍的此去经年，魂兮归来的《楚辞》，将千年的风流归成绝响。

颔联和颈联，两组对仗严谨、工整，如："惊天问"对"悼国殇"；"凛凛"对"绵绵"。"悲歌一曲惊天问，往事千年悼国殇"，五月多雨，汨罗水涨，悲歌一曲，天之泪挥洒。含悲屈子，一首《天问》曰："遂古之初，谁传道之？""圜则九重，孰营度之？""天何所沓，十二焉分？"可谓是惊天地泣鬼神！在诗歌中，屈原提出了多种问题，表达了心中愤懑的心情。《国殇》是祭奠之意，是一首哀悼死难的爱国将士，追悼和礼赞为国捐躯的楚国将士的亡灵的挽歌。屈原报国无门，坚贞不屈的国殇曲，千年的神话诗魂，依然在耳边喧响，洋洋九歌，祀神乐曲的旋律经久不息。此处下笔凝重，赋情恳挚，豪情凛然，尽显坦荡。"凛凛英才唯楚有，绵绵遗恨至今伤"进一步表现作者心中为屈原投江殉国而感到怨愤，此种遗恨深广而绵长，无限扩散、弥漫，在天地间响起了长歌浩叹，悲凉心情溢于言表。"唯楚有"出自《左传》，原句是："虽楚有材，晋实用之"，意思为：楚国真是出人才的地方啊，然而遗憾的是，虽然是楚国培养的人才，却都在被晋国任用。这个典故用于此处，表现了作者对屈原悲惨遭遇的同情，抒发了作者的怀念之情。

尾联"龙舟飞处烟波里，艾叶飘香姓字香"，在此先说一下"姓"，屈原，楚怀王左徒，三闾大夫。三闾，指楚国屈、景、昭三大姓，简单说，三闾大夫是战国时楚国名臣和高官掌管三大姓的宗族事务之官。又到了一年一度的端午时节，江面上龙舟竞渡，锣鼓喧天，呐喊声声，家家户户艾草摇曳，粽叶飘香，在汨罗江水长流不息的气节里，在楚歌声中，行吟屈子在何处，此时千江云朵飘过汨罗之水，屈字留香千年不绝。

整首诗的诗意悲壮而高亢，尽是铮铮铁骨，读后心中不免产生一缕幽思，一唱三叹，含不尽之意见于言外！

【一拂烟云】

虞美人　岳飞

　　金牌十二朱仙镇，千古留遗恨！经年征战转西东，却令将军高唱《满江红》。

　　风波亭上风波恶，哪得骑黄鹤？等闲生死向刀兵，自是雄风宛在万人英。

【品赏】

　　岳飞乃"中兴四将"之首，一代抗金名将，令金人闻之丧胆，曰："撼山易，撼岳家军难！"

　　窃以为，第一，只愿北伐中原，直捣黄龙，迎还二帝，置当朝天子于何地？第二，一再劝高宗皇帝立皇储，刺痛天子却不自知；第三，从他留下的诗词以及铁画银钩一般的书法作品来看，岳飞虽然是个军事家，但骨子里其实是一个坦坦荡荡的性情中人，是一个不谙人情世故的书生。

　　不过即使这样，岳飞的人格魅力以及他波澜壮阔而充满悲情的一生，依然是很令人动容的。正因为如此，作者满怀敬仰之情，得《虞美人》词以纪念之。

　　"金牌十二朱仙镇，千古留遗恨"，起句便从岳飞的最后一段征程写起，更显得有一种为他扼腕痛惜的沉重，好像一声浩叹破空而来。想想看，北伐中原已经到离金国都城很近的朱仙镇，却要从前线火速退兵，留下遗恨千古，这是怎样的心痛？岳将军也许想到了当年白发苍苍的老母亲在自己从军之时，在脊背上刺下"尽忠报国"，更想到了自己怀着满腔悲愤写就的千古名篇《满江红》。北定中原功亏一篑，不禁潸然泪下……

　　智勇双全的将军也许什么都想到了，唯独没有想到当朝天子会自毁长城，让忠心为国的他蒙受不白之冤，身陷囹圄。几百年后的美国巴顿将军说，将军最好的死法是在最后一场战争中被最后一颗子弹打死。可是当年的岳将军却是屈死风波亭！风波亭的"风波"二字莫非有什么暗示么?如此看来，这真的是"风波亭上风波恶"啊！人生至此，哪里还能如将军在另一首《满江红》里写的那样，"何日请缨提锐旅，一鞭直渡清河洛。却归来、再续汉阳游，骑黄鹤"，在大功告成以后，纵情山水呢?

"风波亭上风波恶，哪得骑黄鹤"，真是不许将军见太平！如此结局，让人扼腕长叹。不过公道自在人心，将军本就是从刀丛剑林中闯荡而来，自然看淡生死，他的保家卫国的精神，凛凛英风，足以光耀千秋！

此词篇幅虽短，然痛惜、豪壮、敬仰之情杂陈，不可名状。

【江南布衣】

184

浪淘沙　神舟七号飞天

无畏对艰难，力挽狂澜，游龙翻舞白云端。玉帝躬身仙子笑，共赏奇观。

回首等闲看，报国心丹，上天入地挂征帆。唤起中华狮子吼，再越雄关。

【品赏】

这首词仔细读来，有着浓郁的浪漫主义色彩。在作者的诗词里，也算是别具一格了。正可谓"状难写之景，如在目前；含不尽之意，见于言外。"

当年神舟七号宇宙飞船发射的时候，作者同国人一样歌之舞之，欢喜不尽。"无畏对艰难，力挽狂澜，游龙翻舞白云端"，起笔便刻画了航天人的雄心壮志与为国争光的高尚情怀。想想看，神七飞天，宛若游龙在万里云端翻舞，这是多么让人兴奋。作者诗思飘逸，此时并不直笔抒发国人为之欢欣鼓舞的场面，而是展开了丰富的想象。神七在天朝天阙，引起玉皇大帝与天庭神仙的好奇心，一个个都弯下腰来笑看这个从中华大地而来的不俗之客，欣赏着这一幕让天庭震动、让中国人扬眉吐气的奇观。玉帝躬身仙子笑，何其浪漫而多情！如此写法，更凸显神七发射带给国人的骄傲自豪感。相较直笔写法，自有一番韵致。

下片继续抒发航天人的心声。"回首等闲看，报国心丹，上天入地挂征帆"，在航天人的眼里，神七上天遨游也只是万里长征当中的一小步而已。所以在激动自豪之余，并不沾沾自喜，依然有着报效国家的豪情壮志，依然有着一颗平常心。他们还有更重要、更大的目标在等着他们呢，那就是继续努力，再越雄关，让我们的国家更加强大地屹立于世界之林。

【江南布衣】

第六辑　书生气足终难弃

忆秦娥 神舟九号飞天

心欢悦，龙翔凤舞临天阙。临天阙，银河飞渡，揽云追月。

乾坤喜展辉煌页，广寒宫冷肝肠热。肝肠热，渺茫星际，有人来阅！

【品赏】

这首词的内容很是独特，确属难得一见。词境开阔，精神振奋充满了正能量。作者虽一书生，但爱国之心不减。飞船上天遨游，自是欣喜莫名。于兴奋激动之余，免不了诗情涌动、豪情勃发，写下了这样一阙让人振奋的小词。

"心欢悦。龙翔凤舞临天阙"，起笔便有一股喜悦气息从浪漫而唯美的文字里扑面而来，不可遏制。这里的"龙翔凤舞"四个字特指中国元素，表明了这是中国，而不是别国的科技成就。"临天阙，银河飞渡，揽云追月"，则是对飞船上天的生动刻画。在万里长空上神舟九号飞渡银河，追赶着月亮，将轻盈的白云揽入怀中，这是一幅多么美好的画面！

下片的开端，作者不由得想到了月亮上的广寒宫。在这首词所表现的境界上，充满欣喜自豪的作者，他的情思没有理由不开阔、不放达、不浪漫。"乾坤喜展辉煌页，广寒宫冷肝肠热"，宇宙飞船上天，中国的科技又迈上了一个新台阶。虽然广寒宫是清冷的，但中国的科技工作者和老百姓的心却是滚烫的。"肝肠热，渺茫星际，有人来阅"，在这样的时刻，在那渺茫的星际，有着属于我们中国人的宇宙飞船在遨游太空，巡视天河……

《小草斋诗话》里说：作诗"唯要情境皆合，神骨俱清……景以适来，情随遇发，如风篁石涧，自然成韵矣。"这首词自然本真，有豪情，见境界，情景交融，精炼形象，很是难得。

【江南布衣】

第七辑

天上人间未了情

南歌子　春节回乡，亲友诸事细细问询，甚是难答

不晓油盐事，犹存笔墨情。心田半亩好经营。又是一年春到，苦无成。

身共红尘老，愁随白发生。窗前闲坐厌逢迎。且把儿时往事，问卿卿。

【品赏】

每年春节，在外的游子总是期盼早日赶回温暖的家乡，但有时也不免心有惴惴。进了家门，总有左邻右舍、三姑六婆过来做友好会晤。这倒也罢了，最难办的是他们总是将国人长辈的关心一句句落到实处，工作咋样，工资多少，谈朋友了没有，什么时候成家，好像是自己家孩子似的。这样的中国式关心听多了，确实有些烦恼。

这首《南歌子》以写实的手法表达作者对生活的感受，给读者以共鸣。"不晓油盐事，犹存笔墨情。心田半亩好经营。又是一年春到，苦无成"，作者以自嘲的口吻表述了自己心性慵懒，对生活中油盐酱醋毫不关心，喜欢舞文弄墨，读书写作才是心中的半亩良田。又是一年春节到了，总结过去，展望未来，却落得一事无成，真可谓"百无一用是书生"也！下阙作者感叹岁月流逝，渐渐老去。每年春节到来之际，却是作者发愁之时，何事让作者发愁？"窗前闲坐厌逢迎。且把儿时往事，问卿卿"，原来是春节回乡亲戚团聚总是喜爱追问自己那些陈芝麻烂谷子的事，加上作者觉得自己一事无成，厌烦情绪跃然纸上，只好佯装着不理睬这些惹人烦的关心，把在家乡生活的儿时往事仔细地向亲人追问。这不正是我们生活中最真实的写照吗？作者以寥寥数语就把这种烦恼生动地勾勒出来了。这正是大多数人心里有、笔下无的感觉。

【关山月】

七律　乡思　二首

其一

未惯飘零总恋家，长亭千里到天涯。

多情倚枕听春雨，无语凭栏数落花。

梦里低吟诗未就，窗前浅酌酒长赊。

乡心何日消磨尽，笑对青山夕照斜。

【品赏】

这首诗写于作者刚从乡下来到城市读书之际，其时母亲还远在乡下，心有所系，时有惦念，不由感慨成篇。

未惯飘零，总是恋着家庭的温暖，可是现在自己却远在天涯。起句即直接点题，正因为对家乡、对母亲念之深切，才展露了作者淳朴的真实情感，所以此处适宜开门见山，若还用婉曲之笔，似不可取。

颔联、颈联可谓工笔描绘了作者思乡、思亲的情境。春来听雨声，秋至数落花，梦里动乡情，浅酌小窗前。这四幅画面就像是四扇屏风，一个个展现在读者面前，让人觉得，这的确是一首怀念家乡、思念家人的作品。其实，能够达到这样的效果，也就够了。远在异乡的游子，最能从这首诗里找到自己的影子，引起自身的共鸣。

作者的诗风一贯是以结句振作，不作悲声为特色的，这首诗也是如此。什么时候才能家人团聚在一起，洗去乡心乡愁，笑对人生、笑对生活呢？结句留给人们无限的遐想与悠长的回味。

《沧浪诗话》云："语忌直，意忌浅，脉忌露，味忌短。"这首乡思浓郁的七律，情感深沉不失婉约，脉络曲折有味，结句意蕴深长，正是如此。

【墨溅成珠】

其二

当年负笈出乡关，残梦依稀别梦寒。

人世几番惊驹隙，风尘万里黯江干。

浇肠每借波千顷，对酒曾邀月一栏。

立尽中宵眠不得，归期默念泪阑珊。

【品赏】

这首诗是作者在多年以后回忆起当年求学时候，从乡下来到城市，年岁渐长，在城市扎根，却与家乡渐行渐远，难得回乡的人生历程，感慨万千而写下的。

开篇即忆及多年以前从乡下来到城市求学，人在天涯而心有牵念，家乡的一草一木都会时常入梦。只是这样的梦境，虽然温馨温情，但一朝醒来，却依然远在天涯，不觉心寒梦寒矣。

在这里，要是细致品味，我们会注意到这么一个"寒"字。在这首诗的诗境里，已然不仅仅是指游子在外，不得回乡，只能梦里与亲人团圆，而梦醒之后，只觉得残梦依稀的梦境之寒；还深深地烙上了游子的心境寒凉的痕迹。可见作者遣词用字之精准，可谓炼字也。

屈指算来，时光如白驹过隙，如滔滔江水东流不归，已然让心里觉得吃惊，当初的青春少年已到了不惑之年，时间过得可真快啊！更何况，回首乡关，真情虽在，却早已被红尘琐事所羁绊，难得归去了。只好凭栏独坐，举杯邀月，借酒浇愁，却不料愁上添愁。此处的"浇肠每借波千顷，对酒曾邀月一栏"，对仗工整，颇具诗意，彰显了作者强烈的思乡之情。万般无奈下，作者立尽中宵，夜深无眠，不觉潸然泪下，只好暗自计算着归期，以求一时的安慰。

这首满溢乡思之情的七律，表现了作者愁肠百结，辗转难眠，念归期，不觉泪阑珊。好一首情深意切的思乡诗！对仗工整，气势非凡，又把心底那份深重的孤独惆怅淋漓再现。

《小草斋诗话》云："七言律诗，尚绮丽，则伤风骨；张气格，则乏神情；斗奇崛，则损天然之致；务清远，则无金石之声。意多则不流，景繁则无章。文质彬彬，庶几近之。"这首诗诗思不蔓不枝，只是饱蘸浓浓乡情，一笔写去，不尚浮华，写得亲切自然，意蕴深长，正所谓"文质彬彬"也。

【墨溅成珠】

第七辑 天上人间未了情

鹧鸪天　二十年后再返乡

　　二十余年跌撞行，知交散落倍凄清。风尘辗转乡音重，父老犹疑问姓名。

　　游子意，故园情，沿途光景喜还惊。儿时庭院今依在，别有人家笑语声。

【品赏】

　　游子乡愁，一直以来就是中国诗歌的重要组成部分。确实，"父母在，不远游，游必有方"。身在他乡，游子们就像随风飘荡的风筝，随时随地都可能会引起深切的乡思。而这种思乡之情是可以通达古今的，无论是从前，还是现在，或者是遥远的将来。

　　杜甫曰："露从今夜白，月是故乡明"；李益云："不知何处吹芦管，一夜征人尽望乡"；而戴叔伦更是直抒胸臆地写道："若为化得身千亿，散上峰头望故乡"。故乡在每个人心里，是那么让人牵挂和留恋。所以说，国人看重故乡，看重叶落归根，是很有乡土文化根源的。

　　而这首词的题目，已经说明作者离乡二十年之后才得以返程省亲。人生能够有几个二十年啊！时光飞逝，懵懂的少年已经人到中年，褪去了幼稚浮躁，多了一份质朴和谨慎。这些年的风风雨雨，作者经历了诸多离合悲欢，心路历程坎坷艰辛，但无论是在何时，乡情乡愁还是萦绕在心的。

　　这首词直抒胸臆，质朴深沉，无造作之语，无扭捏之态，正是情深可人之处。起笔点题，用词精准。"跌撞""凄清"二词，深刻反映了作者无奈的心境。多年以来在外跌跌撞撞，立身在外，当年的发小已经一个个散落天涯，无处联系，想到此处更加觉得凄清不已。"风尘辗转乡音重，父老犹疑问姓名"，这两句深切反映了二十年后重返家乡的一个细节感受，刻画细腻生动，颇见语言功力。其间可以领略到多年以来乡音未改的感情，也似乎能够见到家乡父老对于作者的似曾相识的疑惑、不敢相认的迷茫，以及问清姓名之后的欣喜。下片更是直笔抒情，多年以后重返家乡的所见所闻，让作者心里满溢喜悦、惊讶之感。最让人诧异的是，儿时居住的庭院竟然还在，也还能找得到脑海里旧日的影子。只是，站在院落门口，听到的是现在的人家笑语，已经不是当年的你我了……

这首词感慨良深，颇能引起出门在外的游子的共鸣。

【巴山夜雨】

第七辑　天上人间未了情

七律　春节回乡

万木萧条气象浑，思亲白发伴黄昏。

乡音入耳疑家近，浊酒盈杯五味存。

鸟不知名鸣翠竹，松堪成阵护蓬门。

归来恐惹芳邻笑，仰看烟花拭泪痕。

【品赏】

　　每逢佳节倍思亲。每到春节来临，游子们从天涯海角赶回自己的家乡，与父老乡亲欢聚一堂。喝一杯浓浓的热茶，左邻右舍聚在一起唠唠家常，闲看窗外的落叶翻飞成云。在不知不觉间，整个心房就会渐渐涌上一股暖暖的溪流，充溢着家人间的温存。

　　"万木萧条气象浑，思亲白发伴黄昏"，起笔便赋予了心中思念家乡父老的一腔深情。万木萧索、气象浑涵的冬季，临近春节，作者更加思念家乡已然双鬓如霜的亲人们。这里尤其加了个"白发伴黄昏"的后缀，更显得日月如梭，光阴易老。于是恨不得快马加鞭，回到久别的家乡。

　　"乡音入耳疑家近，浊酒盈杯五味存"，颔联着意描写了游子逼真的心理活动。本是人在他乡，也习惯了别地的方言，在风尘仆仆的旅程中，忽然听到了几声久违的乡音，在犹疑之间，不禁心生欣喜，原来自己离家乡是越来越近了。好不容易到了家门，见到久未见面的家人，心中可谓五味杂陈。即使在年夜饭时喝的不是名酒佳酿，但与平时不一样的是，酒杯中有着浓浓的淳厚情意。这两句在个人情感的主观感觉上下足了功夫，尤其是"疑家近"的自然亲切的心理描述，用字的精炼准确，让读者觉得生动逼真，跃然纸上。这一点值得再三品味。就文字论，这一联采用的是"谐音对仗"修辞手法，与"山重水复疑无路，柳暗花明又一村"手法相同。

"鸟不知名鸣翠竹，松堪成阵护蓬门"，这是作者在乡下看到的自然景观。几棵松树如排兵布阵似的，好像在替远离家乡的游子看护着家门；不知名的小鸟在竹枝上欢鸣着，好像在欢迎游子的归来。这一切让刚刚返乡的作者心灵触动，不觉眼含热泪，于是很自然地得出结句"归来恐惹芳邻笑，仰看烟花拭泪痕"。因为不想引起乡邻充满善意的笑话，只好借着仰头观看天上璀璨烟花的机会，拭去脸上的点点泪痕，将一位游子回到家乡，百感交集的心理活动刻画得如在目前。

这首诗格律工稳，手法巧妙。春节回家万木萧条，白发、黄昏定下了略显悲凉的基调。乡音入耳，浊酒盈杯，尚有鸟鸣翠竹，松阵环门，很熟悉亲近的家园景致。"仰看烟花拭泪痕"乃妙笔，有着思乡、恋乡又怯乡的复杂心理和浓浓深情。

王夫之在《姜斋诗话》里说："情景名为二，而实不可离。神于诗者，妙合无垠。"这首诗情景交融，引人共鸣。

【巴山夜雨】

第七辑　天上人间未了情

七绝 七夕

天上人间未了情，
一年一度鹊桥横。
葡萄架下谁闲坐，
听取牛郎私语声。

【品赏】

这首诗写的是七月初七牛郎织女鹊桥相会的故事。在短短二十八个字里，要把这样的美好传说完整表达出来，只能看作者抓住什么细节来写，怎么写才有吸引力了。

"天上人间未了情，一年一度鹊桥横"，起句朴素无华，直白坦荡。"鹊桥横"三字，如见银河天际，牛郎织女执手相看泪眼，而"一年一度"却满含着作者对牛郎织女坚守爱情发自内心的赞美，以及深深的叹惋，可谓字浅言深。牛郎织女如此真情，不知羡煞多少红尘男女啊！的确，能够相知，更能够坚持，这才是这则神话的长久生命力之所在。

牛郎织女一年就一次见面机会，自然卿卿我我、你侬我侬，可谁知道这私房话也有"泄密"的时候。据相传，七夕这一天坐在葡萄架下，可以听到牛郎织女的窃窃私语。"葡萄架下谁闲坐，听取牛郎私语声"，这一句是很见闲趣的。这样的传说也深刻反映出我国劳动人民的诙谐幽默和善于诠释幸福本质的特征。

【千江帆过】

唐多令　中秋

云淡晚风柔，清光入小楼，与嫦娥、携手同游。月朗星稀何处去，天河静，梦悠悠。

相思隔鸿沟，伊人天尽头。倚栏杆、又是中秋。夜半灯前思过往，杯邀月，醉归休。

【品赏】

中秋佳节，国人对此充满了月圆人圆的美好向往，但不如意事常八九，往往事与愿违。这首诗写的是中秋佳节来临之际，作者思念心里的那个可人的心理感受。

"云淡晚风柔，清光入小楼，与嫦娥，携手同游"，起句想象奇特，其情其景如画。云淡风轻之时，月光如水映照着作者居住的小楼，值此良辰，作者忽起妙想，看到圆月在天，想到月宫里的美丽的嫦娥，不禁梦绕心飞，忽起一念，邀约嫦娥一道同游天地凡尘，可谓诗思翩然。

其实，这个"嫦娥"，又何尝不是作者心中那位佳人的象征呢？此时此刻，星河灿烂，天籁静寂，心中满含着淡淡愁思，因为又是一年的中秋佳节来临了。

果然下片的开篇就直笔抒发了对伊人的相思之情，如今天涯相隔，唯有相思堪作慰藉。今夜无眠，只好趁着融融月色在院落里走走，追忆充满离合悲欢的往事。沉吟之时，已是默然无语，心生情愁。何以解忧，唯有杜康，不妨以杯邀月，临风醉一场。

此词情景相融，颇具婉转流美之致。意境开阔，语言细腻传神，含蕴深婉。

【燕剪春风】

七律　中秋

风轻云淡近中秋，无语凭栏句未酬。
年少怎知乡土好，情深顿起故园愁。
心牵村落天涯暖，梦逝韶华鬓角偷。
多少江湖漂泊客，一时月下尽回头。

【品赏】

　　中秋佳节，本是家人团聚的时刻，但在远离乡土的游子的眼里，却是触动乡愁乡情的一个"按钮"。从古至今，不知多少文人雅士为了萦绕心中的浓浓乡情吟咏再三。自东坡"人有悲欢离合，月有阴晴圆缺，此事古难全。但愿人长久，千里共婵娟"之后，这样的中秋词再无人超越，但并不妨碍多情的游子为之挥洒翰墨，只为抒发自己的一腔离愁。

　　这首诗乃作者充满乡情愁思的朴素无华之作。"风轻云淡近中秋，无语凭栏句未酬"，起笔直接点题。不知不觉已经快到中秋佳节了，作者在微风习习的夜晚，想到了家乡的一草一木，这一切都深深牵动着他的绵绵情思。凭栏远眺的他想为家乡写下一点什么，也未可得。"年少怎知乡土好，情深顿起故园愁"，这是全诗的诗眼，也是普天下游子们的普遍体验。青春年少的我们，怀揣梦想，只盼着早日逃脱家乡的羁绊，大有"世界这么大，我想去看看"之念。年岁渐长，也终于走出乡关，得偿所愿的同时，也与家乡远隔了千山万水。此时忽有感慨，少年的你我，怎么知道家乡的温馨与美好呢？如今的深情只不过带来了浓浓的故园愁思。

　　"心牵村落天涯暖，梦逝韶华鬓角偷"，尽管身在天涯，时光飞逝，鬓角染上飞霜，却依然牵挂着生他养他的村落，这种融入生命里的乡情乡思，温暖着每一个游子的心灵。如今快到中秋佳节了，又有多少漂泊在外的游子，在月光下向着故乡的方向频频回首啊！

朱竹君有言："诗以道性情。性情有厚薄，诗境有浅深。性情厚者，词浅而意深；性情薄者，词深而意浅。"这首诗明白如话，但意境却是那样的韵味深长。情景交融，大有余音袅袅之感，又想到性情朴实浑厚的作者，不禁叹道，诚哉斯言。

【巴山夜雨】

第七辑　天上人间未了情

七绝　时近中秋，偶得

怡人天气近中秋，帘卷清风入小楼。
堪爱蟾光凉似水，良辰今夜与谁收？

【品赏】

　　中秋，是一个充满温馨美好的团圆节日。这一天，陪伴在家人身边，吃着月饼石榴，赏天上一轮明月，度过一个难忘的团圆夜。自古以来，吟咏中秋之夜的诗词，往往较多地沾染上了乡愁乡思与离合悲欢。对于作者也别有一般滋味在心头。

　　作者是一个执着朴实的人。这个执着，应作两面观。一者自是对世间的人与事有着一种不寻常的专注和钟情；一是不可避免地有一丝丝的疲累与感伤。可喜的是，作者的内心世界依然充满着温润温情，虽有伤怀，却心存美好、心怀希望。在作者描述个人情感的诗词里，我们即使体会到他的忧伤，却不得不说，一切景语皆情语，诗风振作，不作悲声，是他最鲜活的特点之一。

　　中秋将近，在这样的一个美好的夜晚，帘外清风习习，恰是怡人天气。圆圆的月亮在云层里若隐若现，仿佛在偷窥着凡间的红男绿女。帘卷清风，实则是清风卷帘。一个倒装句式，似可触之的动态描写，显得颇有画面感和美感。"堪爱蟾光凉似水，良辰今夜与谁收？"诗的结句，转入作者的心理活动的描写，表达了作者身处这样的夜晚，月光如水，如此良辰，却独自徘徊的感伤。笔墨看似散淡随意，其实却别有意味，咀嚼之，暗含着无奈、寂寞、伤怀，更有对明日的希冀。

　　《沧浪诗话》云："禅道唯在妙悟，诗道亦在妙悟"。这首诗写得静谧安宁，颇有禅境，正是如此。

【巴山夜雨】

水调歌头 时近中秋,步稼轩韵

独坐情怀朗,风起小窗开。月圆花好时节,一岁一轮回。且喜文君司马,更有翩翩化蝶,山伯与英台。微步梦缥缈,拂柳美人来。

振衣袖,飞天去,到蓬莱。瑶池闲步,唤个玉兔共倾杯。今夜清辉似水,桂影荫凉如盖,洒落几欢哀。醉向青天问,此树是谁栽?

【品赏】

这首词乃作者步韵辛稼轩之《水调歌头》而写的一首中秋词。

中秋佳节,花好月圆,一岁一轮回,自是有情之人团聚欢会之日。所以说,文君司马,化蝶梁祝,来往莫相猜。悠悠万古,长存不变的明月,是永恒时空里的奇迹,常常引起人类的无限遐思。下片作者以充满想象力的笔触,抒发了自己的诗意情怀。"振衣袖,飞天去,到蓬莱",极有浪漫气息,也很有气势。作者此时已颇有几分醉意,仰望月宫,忽起一念,想把广寒宫内的玉兔召唤前来倾杯一醉。"今夜清辉似水,桂影荫凉如盖,洒落几欢哀?"这亘古如斯的明月,究竟是从何时就存在的呢?这对宇宙本源的求索与困惑,实际上是对自身生命价值的思索和探寻。有多少人想要飞升到月中以求长生不老,但皆是徒然,而明月却依然用万里清辉普照尘世,伴随着世世代代繁衍生息的人们。这两句写出了明月既无情又有情、既亲切又神秘的人格化的特性,蕴含着作者向往而又无奈的复杂心境。同时,既表达了对明月踪迹难测的惊异,也隐含着对人们不知珍惜美好时光的深沉叹惋。

"瑶池闲步,唤个玉兔共倾杯"两句驰骋想象,就月中的白兔、嫦娥来发挥想象,表达了作者的浪漫情怀。白兔在月宫年复一年地捣着药杵，嫦娥在月宫里孤独地生活，到底谁来陪伴她们呢？在对神物和仙女寂寞命运的同情中，流露出作者自己悲天悯人的情怀。古往今来的人们，都已流水般次第逝去，面对空中永恒的明月，或许都曾有过相似的感慨吧！作者只好"醉向青天问，此树是谁栽?"月宫里的桂花树，当初是谁栽种的呢？人是一棵苇草，但却是一棵能思想的苇草。作者有感于明月长存而人生短暂，人类无法改变这一自然规律，因此就更应当珍惜今生的点滴光阴，在瞬间中把握永恒，展现了作者旷达自适的宽广胸怀。

这首词感情饱满奔放，语言流畅自然，表达了对宇宙和人生哲理的深层思索，富有很强的艺术感染力。

【巴山夜雨】

七绝　邻翁种菊

萧瑟秋风夕照斜，却疑春色在邻家。

精神不老真堪羡，白发夫妻种菊花。

【品赏】

　　这首《邻翁种菊》，虽然描写的是我们身边发生的一件很普通的事，但是作者却凭借其乐观的人生态度和敏锐的观察力，将其捕捉并提炼、升华。

　　"萧瑟秋风夕阳照"点明了这首诗写在万物凋零的深秋季节，在夕阳的衬托下徒增几分颓废和苍凉。秋风和夕阳双重暗喻为下面白发夫妻埋下伏笔；萧瑟又与菊花形成鲜明对比，甚妙。接下来作者笔锋一转，在这样的一个季节，邻居家的小院却呈现出"满园春色关不住"的景色，原来是"白发夫妻种菊花"，不禁让人想到这对老人心态是何等的超然，他们爱美、爱生活，热爱自然，是那么充满活力，让人拍案叫绝，属点睛之笔。

　　严粲有云："穷处山涧之中，而成其盘乐者，乃是硕大之贤人，其心甚宽裕"，虽身处闹市，却有一颗田园之心。诗曰："南山有台，北山有莱，乐只君子，邦家之基，乐只君子，万寿无期"，作者表达了这种积极向上的正能量！

【关山月】

七律　惊闻同事离世

噩耗惊闻意态痴，无言忍作送行诗。
尘缘幻灭生前看，人世炎凉死后知。
笑语如春曾醉我，光阴似水更思谁？
今从院落寻常过，仿佛当年初遇时。

【品赏】

这是作者诗词中唯一的一首挽诗，风格沉郁顿挫，大有悲凉之感。这首悼亡诗，全篇满溢着对逝者的追思之情。情深意切，直抒胸臆，不禁为之三叹。

"噩耗惊闻意态痴，无言忍作送行诗"，起句直接点题，活画出自己惊闻噩耗不敢相信的神态，以及默默无言为之写诗送行的痛惜心情。

颔联满怀悲痛之情，深感生命无常，世态炎凉。"尘缘幻灭生前看，人世炎凉死后知"，该联对仗工整，感慨遥深。作者一贯深爱稼轩风味，所以他的诗风，自定型以来，或多或少总是带有稼轩的影子。一个人来到这滚滚红尘，即是一个缘字。亲情，友情，爱情，都是缘分的体现。行将老去，这份情缘也就渐行渐远而逐步幻灭人间了。至于哪个人对你关心或是不关心，对你好不好，有时候要到你落难甚至逝去以后，才能真正地看出来。作者写这首诗的时候，已年近不惑，对于世态的苍凉，已经能够感同身受，所以才可以写出这样的凝重沉郁的诗句，打动人心。

颈联写得精练生动，刻画了逝者生前让人难忘的风采。"笑语如春曾醉我，光阴似水更思谁" 表达了作者对逝者的深切怀念与难得的朋友情谊。他曾经笑声朗朗，让作者如沐春风，沉醉其中。如今斯人已去，在这似水光阴里，作者还能思念谁呢？这两句对偶自然贴切，工整流畅，情真意切，满含着对友人的猝然离去的深深的痛惜之意。

颈联作者写得很沉重、很压抑，尾联笔锋一转，以近似平淡、不起波澜的语调，说而今在院落里和从前一样地来来去去，仿佛还能想象得到，和友人初次相遇的场景。其实，越是平常语气，越是在这种淡然的背后隐藏着深深的哀痛。

"真"乃是一首诗词的"骨头"。综观这首七律，笔法流畅多变，起承转合，技法纯熟。情意深挚，恰如风行水上，自然成文。

【江南布衣】

205

南乡子　梦外公

梦里相逢，依然识得旧音容。辗转红尘谁做主，归去，已隔天涯生死路！

【品赏】

这首词虽然只有短短五句，却诗思悠长，满溢着一种怀念、叹息、苍凉之情。外公对于作者兴趣爱好的培养、修身养性的督促，都有着不可替代的潜移默化的作用，所以作者对外公的感情很深。

午夜醒来，才知道梦里与外公的相逢已成了幻象，不由得心生哀情，有所感叹。在这样的万丈红尘、喧嚣人间里，每个人的人生轨迹崎岖辗转，又有谁能真正地主宰着自己呢？到头来，还是谁也逃不过自然规律的啊。全篇于平实中暗藏哀婉，真情喷薄而出，令人唏嘘。

《论词随笔》里说："小令须突然而来，悠然而去，数语曲折含蓄，有言外不尽之致。"然而，此时的作者只能将心里所思所想尽情地迸发出来，至于什么含蓄、蕴藉、余音袅袅、言有尽意无穷，已经不是满怀哀情的作者所能想得到的了。唯有如此，这首词才更加具有了真实感，字句中能够明显体察到作者的一腔哀思，真情满布，从而具有了强烈的感染力，更容易打动人心，引人共鸣。

【墨溅成珠】

跋

　　余素来愚钝，诗风词韵，茫然于心。幸得儿时承欢外公膝下，耳濡目染，自此浅尝辄止。外公闲暇以吟哦诗词为乐，一篇读罢，欣欣然也。余暗思，令人如此沉醉者，乃何物哉？故幼承庭训，得其教诲多矣。

　　凡为诗者，应我手写我心，"真"字乃诗词之骨。心中无真情，笔下定然矫揉造作、扭捏作态，纵平仄协调，音韵和谐，人读之亦能感知非本心而作。若如此，颇失"诗言志"之本意。

　　诗贵凝练自然，无造作语，无酸腐气，得真趣，得真味。如此，方是爱好诗词之正轨。

　　余所学甚浅，所吟诗词，随心而来，无暇细究，皆以《词林正韵》为准绳。能依韵而合律自是为佳，不能，亦无墨守成规之念，唯以有诗味有诗境为要务。若字字必有出处，必合音韵，岂不刻舟求剑哉？况今人又何曾知晓古人读音念字乎？故有依平仄韵律不尽相符而依今韵读之自然顺口，亦有平仄音韵合律而依今韵读之拗口不顺者。字字核实平仄音韵，乃老学究也。泥古不化，眼光短浅如鼠；小心翼翼不敢越雷池一步，死守家窝如兔。果如此，亦何其悲哉！

　　余为人真率而心性自在，初识前贤诗词，即瞩目长短句矣，意在字句参差不齐，跌宕起伏，抒情达意，尤为畅快淋漓。始学倚声，未得其旨，乃取稼轩、东坡诸家词，探究其意而不倦，邯郸学步，笔而存之。尤喜稼轩雄深雅健、超迈四海之风，惜无资质，终不可得其真意，唯"小我之情"执着在心耳。然偶有所得，亦能东施效颦，抒发怀抱。今集腋成裘，长短句为多，即将付梓，似亦可为一总结也。

　　屈指算来，时间跨度盖二十年，百来篇诗词尽在此矣。蒙绿茶一盏、一拂烟云、淡淡云裳、柳韵荷姿、风景旧曾谙、晓芙、关山月、狗尾草、斜风细雨等多位朋友抬爱，写下多篇深刻精到之赏析文字，更得挚友张彩琴于病房穿梭，工作繁忙之余，拨冗写下序言，如见我心，在此谨致谢意。

韦　松
书于醉墨轩
岁在丙申五月